《瞭望宁夏70年》丛书　周庆华　主编

磨砺“四力”

杨学农　黎　明　马　骏　编著

黄河出版传媒集团
宁夏人民出版社

图书在版编目（CIP）数据

磨砺"四力" / 杨学农，黎明，马骏编著. --银川：宁夏人民出版社，2019.11
（瞭望宁夏70年 / 周庆华主编）
ISBN 978-7-227-07111-2

Ⅰ. ①磨… Ⅱ. ①杨… ②黎… ③马… Ⅲ. ①散文集—中国—当代 Ⅳ. ①I267

中国版本图书馆CIP数据核字（2019）第243465号

《瞭望宁夏70年》丛书 周庆华 主编
磨砺"四力" 杨学农 黎 明 马 骏 编著

责任编辑 白 雪 杨敏媛
责任校对 陈 晶
封面设计 马小平
责任印制 肖 艳

黄河出版传媒集团
宁夏人民出版社 出版发行

出 版 人 薛文斌
地 址 银川市北京东路139号出版大厦（750001）
网 址 http://www.yrpubm.com
网上书店 http://www.hh-book.com
电子信箱 nxrmcbs@126.com
邮购电话 0951-5052104 5052106
经 销 全国新华书店
印刷装订 宁夏报业传媒印刷集团有限公司
印刷委托书号（宁）0015430

开 本 880 mm×1230 mm 1/16
印 张 7.25 字 数 150千字
版 次 2019年11月第1版
印 次 2019年11月第1次印刷
书 号 ISBN 978-7-227-07111-2
定 价 48.00元

瞭望宁夏70年

（总　序）

周庆华

70年前，刚刚创刊的《宁夏日报》开始了瞭望宁夏的航程。70年勇立潮头，70年笔底烟花，70年薪火相传，70年筚路蓝缕。70年来，宁夏日报社及宁夏日报报业集团始终坚持正确的政治方向、舆论导向、价值取向，与真理同行、与时代同步。始终和着这片土地的每一次呼吸，用文字、图片、视频、音频忠实记录宁夏建设、改革、发展的每一次启程。

"却顾所来径，苍苍横翠微。"今年是新中国成立70周年，也是《宁夏日报》创刊70周年，用新闻为宁夏历史打了70年底稿的宁报人，也想为自己的70年做一次盘点。于是我们有了出版一套丛书的想法，名字就叫《瞭望宁夏70年》。丛书共五册，分别是《瞭望者永远是年轻》《攀登"珠峰"》《磨砺"四力"》《岁月印痕》《历史瞬间》。

创刊于1949年11月11日的《宁夏日报》，1954年因为宁夏省建制的撤销而停刊。1958年8月1日，宁夏回族自治区成立前夕，作为自治区党委机关报的《宁夏日报》复刊。"不尽黄河浪有声，凭谁击水起鲲鹏！"从报业经济一穷二白，到各项事业发展日新月异，从新闻产品生产的铅与火、光与电，到数与网，从《宁夏日报》一纸风行，到报刊网端微传播矩阵在"融"中创造，在"合"中提升，宁夏日报及宁报集团在奋斗中不断发展壮大。丛书第一册《瞭望者永远是年轻》，讲述的正是宁报人砥砺奋进的史话。因为初心始终不改，使命永远在肩。

有一种风景叫攀登。自第一届中国新闻奖1991年开评以来，宁报集团组织了一支支突击队，以"不到长城非好汉"的精神，一次次向中国新闻界的"珠穆朗玛峰"——中国新闻奖进发。共有47名编辑记者、7名通讯员、2名实习生，把他们的名字题写在中国新闻奖的光荣榜上。28届中国新闻奖，宁报集团获奖作品共有28件，其中一等奖3件，二等奖5件，三等奖20件。丛书第二册《攀登“珠峰”》讲述了宁报集团获中国新闻奖作品背后，那一个个鲜为人知几乎尘封在岁月中的呕心沥血的故事。

“一年三百六十日，都是横戈马上行。”一代代宁报人践行为人民服务的宗旨，深入基层，深入群众，深入火热的生活，不断增强脚力、眼力、脑力、笔力，书写波澜壮阔的时代图景，让新闻更有高度、更有深度、更有温度。丛书第三册《磨砺“四力”》汇编了宁报人70年磨砺“四力”感人至深的故事。这些故事揭示了“脚板底下出新闻”的至理，展现了“板凳宁坐十年冷，文章不写半句空”的工匠品格。

“岁月不居，时节如流。”《宁夏日报》一版是时代的封面，镌刻着宁夏解放70年来一个个悄然改变的面容。丛书第四册《岁月印痕》通过集萃《宁夏日报》70年一版版面，用另一种形式呈现了宁夏70年苟日新、日日新、又日新的历史。回看这些时代封面，你一定会感叹：解放70年来，塞上宁夏恰是风华正茂。

摄影记者是时代的眼睛。《宁夏日报》创刊70年来，一代又一代摄影记者用心、用情捕捉着一个个瞬间，见证了新中国成立以来宁夏一个个重要历史时刻，以及百姓平凡而幸福的光阴。丛书第五册《历史瞬间》，是一次宁夏70年精彩瞬间的集合。致敬每一个历史瞬间，因为这每一个瞬间都是不朽的！致敬伟大的70年，是这70年造就了这些不朽的瞬间！

70年光阴流转，2.5万多个日升日落，宁报人始终坚守在这块土地上，深耕着新闻。

致敬70年，再启新征程。这是我们给全媒体时代最好的回答，因为——“黄金时代，不在我们背后，乃在我们面前；不在过去，乃在将来。”

（作者系宁夏日报报业集团党委书记、社长、总编辑　宁夏报业传媒集团有限公司董事长）

践行"四力"，我们一直在路上

（前 言）

杨学农 黎 明 马 骏

《宁夏日报》创刊70年来，一代又一代的宁报人用青春和汗水履行着新闻工作者的神圣职责。他们深入田间地头、车间厂矿，深入这个时代火热的生活，用脚力、眼力、脑力、笔力，用手中的笔和镜头描绘波澜壮阔的时代图景，让新闻更有高度、更有深度、更有温度。

在这本书中，我们选取了部分宁报人70年磨砺"四力"感人至深的故事和他们从事新闻事业的心得。这些精彩闪亮的故事和心得，反映了"纸上得来终觉浅，绝知此事要躬行"的工作作风；揭示了"脚板底下出新闻"的至理；展现了"板凳宁坐十年冷，文章不写半句空"的工匠品格和精神。

这些宁报人中，有的银川刚解放便背起背包，挎上干粮袋袋，告别亲友，从定边出发，踏上了西进的征途，创办《宁夏日报》；有的来不及与未婚妻举行婚礼，就响应国家"支援大西北、支援宁夏"号召，登上了开往西北的列车；有的骑自行车或步行，而且常常要翻山过沟到山区采访；有的不顾个人安危，深入调查，对黑恶现象敢于发声、勇于亮剑；有的为了不耽误报道，带着嗷嗷待哺的孩子上全国两会；还有的倒在了自己为之奋斗的岗位上……他们用自己的行动践行新闻工作者"离基层越近，离真理越近""只有在生活的激流中，才能写出时代的篇章"的敬业精神，始终坚持与真理同行、与时代同步，用自己手中的笔和镜头忠实地记录着宁夏的每一个建设成就，记录着宁夏的每一个改革发展历程，记录着许许多多的为宁夏建设发展贡献青春与汗水的普通群众，讲述着精彩的中国故事、宁夏故事。他们是无愧于时代的媒体人！

[磨砺“四力”]

“脚下有泥土，笔下见真情”是新闻工作者的根基所在。练好“四力”，才能行得远、走得快，才能掌握来自基层一线的鲜活素材，写出鲜活而有温度、有见地、有生命力的新闻作品。新闻工作者的脚力、眼力、脑力、笔力，不是来自一时之功，而是要持之以恒，久久为功，只有坚持不懈、坚定不移地走下去，才能走出新闻工作的精气神，真正诠释新闻工作者的使命与担当。

不忘初心、砥砺前行，践行“四力”，我们一直在路上！

目　录

[磨砺“四力”]

走向《宁夏日报》

崔国权

崔国权，陕西米脂人。1944年加入中国共产党。曾任中共陕西吴旗县委宣传部副部长，《三边报》记者、编辑。新中国成立后，历任《宁夏日报》副总编辑，甘肃省白银有色金属公司党委副书记兼公司政治部主任，甘肃省环保局副局长，中共甘肃省委副秘书长兼办公厅主任、省委秘书长，甘肃省第五、六届政协副主席。

1949年8月26日兰州解放。9月上旬，十九兵团挥师北上，发起宁夏战役，以锐不可当之势向马鸿逵集团开展全线进攻。9月23日进驻银川，宁夏全部解放。

当时，我和张源、姚以壮、白槐、刘山、高铭显等同志一起在陕甘宁边区三边地委的机关报——三边报社工作。记得“银川解放”的喜讯传来的那天晚上，大家高兴得不得了，有的唱，有的跳，还有人以茶代酒，频频举杯，为胜利开怀畅饮。

就在这如醉如痴的极度兴奋中，我们接到了去宁夏的命令。我们背起背包，挎上干粮袋，告别亲友，从定边出发，踏上了西进的征途。

报社的人是一个小队，自然走在一起。一路上说说笑笑，嘻嘻哈哈，好不热闹。不料，天公不作美，出发后没走多远，雨就不停地下，道路泥泞难行，背包越来越重，人都成了落汤鸡。有几天实在没法走，只好分散住在沿途的小村庄里。就这样走走停停，直拖到10月6日，大队人马才到了吴忠。这天正好是阴历八月十五。下午我和刘山同志一起与吴忠市部分中学、师范的老师开座谈会。

除了宣讲党的民族政策外，我们还不离本行地讲了讲新闻通讯工作，希望他们多给报社投稿，多反映情况。座谈会气氛很热烈。出席会议的老师们以十分好奇的眼光注视着我们，不时提出这样那样的问题，想更多地了解党的方针、政策和具体规定，也想知道有关新闻报道的详细内容和方法。我们即席回答，就自己所知尽量介绍有关情况，说明大伙想知道的事。与会者个个喜形于色，座谈会开得很成功。散会后依依惜别，老师们把我俩送了很远很远。

回到住所不久就开饭了，节日的晚餐是丰富的，白面馍、大米饭、白菜粉条、豆腐、丸子、大肉块，大伙高兴得像过年一样，边吃边谈，兴高采烈，一直闹腾到8点多钟。正当我们在院内赏月聊天时，报社一位同志匆匆跑来找我和刘山，说有要紧事。我俩到了张源同志(原三边报社社长)房内，看到地委秘书长宋友田同志在场。张源说，地委领导决定，要派人打前站，提前赶到银川做些准备工作，尽早与十九兵团的同志接头，具体研究接管问题。路还远着哩，想办法搭个顺车去。宋友田说，你们两人先走，我们也会很快赶到。你们打前站，该带点零花钱，每人先领上一万元“边币”(注：“边币”是陕甘宁边区货币，一万元约合后来通行的人民币一元)，找会计去办。从张源房间出来，我和刘山整好背包，与大家告别后，便急急忙忙上了路。

十五的月亮圆圆的、亮亮地挂在天边，公路平平展展，路旁的杨树齐齐整整。远处村庄星火点点，闪烁不定。行进在这“塞外江南”“鱼米之乡”的宁夏平原，我们的心里乐滋滋的，脚步很轻快。身旁不时有车辆驶过，扬起阵阵尘土。开始路上还断断续续有行人，后来就只剩下我们两个了。走啊走，走了好一阵子，来到了路旁的一个小村庄。路边停放着三部载重卡车，看样子前头的那辆车可能有点毛病，司机正借着手电筒发出的微弱光线忙着修理。我俩不约而同地想到了搭车，一商量，决定试试看。最后那辆车的司机正斜靠着车头吸烟，听到脚步声，把头扭了过来。我们赶忙凑了过去，寒暄几句后，便直截了当地与司机同志商量：“师傅，能行个方便吗？让我们搭个顺车去银川行不行？”对方的警惕性很高。他上下打量了我们几眼后，开始询问我们是哪个单位的，干什么的，去银川什么地方，有没有证件，等等。我们一一作答，并让他打开手电筒看了三边地委开的介绍信。这时候他的态度由淡漠变得热情了些，嘴角上挂了一丝笑：“可以搭车。不过驾驶室满了，只能在车厢顶上坐。”听到他的回答，悬着的心落地了。我俩连连道谢，迅速爬上了车厢。原来那是十九兵团装运汽油的军用卡车，油桶挤得满满的。我们穿着大衣，背靠驾驶楼坐在大油桶上等待开车。大约过了20分钟，前面那辆车发动了，于是三辆卡车鱼贯而行，呼啸着奔驰在铺满月光的大道上。车子颠簸得十分厉害，我俩真像滚煤球似的，无论怎么拉紧都不行，总是东倒西歪。虽然，身子骨像散了架似的难受，却坦坦荡荡挺自在。想到很快就要进入银川了，心里真还有点美滋滋的味儿。正当左思右想的时候，车速渐渐慢了，颠得也不那么厉害了，原来车子已驶进了银川南关。扭头向前看去，稀稀落落几盏路灯，发出微弱的蛋黄色的光，周围仍然是昏昏暗暗，临街的铺面院门都关着，看不到行人。车子径直进城，按照出发时抄下的门牌号码，司机把我们顺路拉到东大街一个小门前停了下来。下车后，我们很快与司机同志致谢道别，转身便去敲门。

一位解放军同志把我们引进院内。里边是个四合院，新华社十九兵团分社在这里。经介绍得知，当时分社负责人是张鸣同志。看了我们的介绍信后，分社的同志高兴地表示欢迎。记得他们满共十几个人。张鸣同志简要地介绍了一下分社的情况，就安排我们在东面的一间厢房住下。这下总算到“家”了，我们可真高兴啊！虽然已经是夜间10点多了，但在好奇心驱使下，我俩还想上街看看。分社的同志告诉我们：银川刚解放，社会秩序还很乱，深夜有打黑枪的，你们不要走远，早点回来休息。短短的几句话，充满了深深的关怀和友情，我们当然是感谢不尽了。

街上冷冷清清，行人不多，路灯不亮，铺面都紧闭着。向西望去，鼓楼旁还摆着两三个小摊。走过去一瞧，原来是卖月饼和小吃的。买的人不多。刚刚在车上颠簸了半天，真有点饿了，再说又是中秋之夜，原该吃吃月饼。两人一合计，买了一包。越过鼓楼，在西大街转悠了一阵，真没什么好看的。于是溜达溜达返回了宿舍。一进门这才感到十分疲倦,没顾上吃几口月饼,倒头就睡。这一觉可真香啊,直到日出三竿才睁开了眼。

过了一两天,地委的大队人马到齐了,三边报社来的同志都挤在分社住。不久,我们佩戴着"中国人民解放军银川市军事管制委员会"的证章,在张源同志的直接领导下开始了工作。头一项任务,就让我去接管国民党中央通讯社在宁夏的分社,社址在南大街路东的一个四合院内。院内的主体建筑是一幢简易的二层楼,临街的底层是三间铺面,接管那天我和另一位同志一块去的。分社的社长和夫人(很遗憾,姓名记不清了)在街门口迎接我们,然后把我们让进一楼坐北朝南的会客室。两口子非常客气,但很拘束。我们就座后,他们马上端茶递烟,十分恭敬。寒暄几句,转入正题。女主人托词告退,社长给我们汇报了全面情况,着重讲了分社的财务、物资、设备等情况,并送上了有关资料和表格。对他们认真负责的态度,我们表示满意。希望他们打消疑虑,服从市军管会的统一领导,与分社职工一起,进一步做好具体的清点移交工作。也告诉他,办完交接,要安心等待对留用人员的审查安置。同时,通知他第二天上午派人去逐项清点交接。最后让他转告所有员工,要坚守岗位,老老实实做好各个环节的具体交接工作,他表示遵命照办。告别时他和夫人一再留餐,我们婉言谢绝。大概过了几天,我又接管了宁夏民国日报社和书店等单位。同时,我们审查录用了一批留用人员,充实了报社、新华分社的职工队伍。不久,我们报社全体同志就搬进了南大街中央分社的二层楼。

就这样,忙了一阵子工作稍稍上了轨道,各方面都很需要人的时候,西北局决定从群众日报社等单位调来一批新人,马永河、程远、秦时耶、郭有华、常健民、张世英、高德荣、姜玉才等同志,就是这个时候从西安来的。不久,从"华大"来的李维涤、王振刚、毛豫先、曹林等同志和从上海、北京来的陈人之、曹炎、蔡炯、黎建中、董甫昌、卢小满等同志都会合了,报社呈现出一派人才济济、生机勃勃的兴旺景象。11月11日,中共宁夏省委的机关报——《宁夏日报》——正式创刊。我们高兴,我们欢呼,我们满怀激情地踏上了新的征途。

调查研究须过三关

张　源

张源，河南孟县人。1938年入陕北公学学习，毕业后任三边公学教员、校务处处长。1945年加入中国共产党。后任三边报社副社长兼总编辑。新中国成立后，历任甘肃日报社副总编辑，宁夏日报社总编辑，中共宁夏回族自治区委宣传部副部长、部长，宁夏回族自治区第四届政协副主席，全国新闻工作者协会第二届理事。

应当说，报纸工作本身就是调查研究工作，主要靠两条路子：一是坚持依靠全党办报，依靠全体人民群众办报；每天对大量群众来稿来信摘录研究；每天的编前会就是调研会；不放过一切可能的机会，邀请来银开会的各地干部、专家到报社座谈传经。另一条是编采人员直接下乡下厂采访新闻。

现在我们不少新闻的通病是：材料不充足，缺乏分析，叙述枯燥无味。原因在于作者浮在上头，没有深入基层第一线取得丰富的第一手感性材料；在于没有对材料进行认真的分析与综合，从而提炼出鲜明的主题观点；在于不认真学习和掌握群众语汇。治疗通病的药方，是切实树立辩证唯物主义的认识论观点，认清认识来源于实践，来源于亲身参加实践、真正亲知人民群众，从而自觉自愿经常下乡下厂，同群众打成一片，虚心向群众请教。吃不了苦，放不下架子，过不了下乡下厂这调查研究的头一关，就写不出好新闻通讯。

认识是由感性认识上升到理性认识。"只有感觉的材料十分丰富（不是零碎不全）和合于实际（不是错觉），才能根据这样的材料造出正确的概念和论理来。"（《实践论》）这告诉我们，下乡下厂采访，首要是取得十分丰富和合于实际的材料。要取得这样的材料也颇不容易。首先需要采访者备有马克思主义的"放大镜""望远镜"及党的路线政策的指南针，并摘掉先验主义的"有色眼镜"。要靠自己直接观察，进行多方面谈话和询问。观察和询问中就有初步分析。问这一面又问那一面，听这一边又听那一边，了解现在又了解过去。要多打几个问号，看有没有什么遗漏或虚假。调查研究的第二关是善于接近群众取得丰富而真实的材料。过不了这一关，仍会"深入宝山空手回"，会使新闻患"贫血症"。

感性认识有待于深化。对于采访得来的大量材料要好好研究（最好在当地），精心加工制作，从感性认识飞跃到理性认识。加工制作的方法，就是毛主席指出的十六字诀：去粗取精、去伪存真、由此及彼、由表及里。"去粗取精"，是要我们从纷繁的事物（诸多矛盾）中，找出主要矛盾（如基本成绩、基本优点等等）。"去伪存真"，是要仔细鉴别材料，把好事实关。"由此及彼"，是要我们认真分析事物的特殊矛盾运动，对矛盾的各个方面进行观察，找出它们互相斗争、互相依赖、互相渗透的内部联系，认清这一事物的发展规律（如规律性的经验等）。"由表及里"，指从表面现象看本质。

对素材进行加工，是要用心思考，这是采访的第三关。过不了这一关，就没有统率材料的主题思想（主导观点），只能是一堆材料的堆积。

我跟顾页学采访

李生俊

顾页，1929生于四川泸州，1946年进入四川重庆社会大学学习，1947年加入中国共产党。新中国成立后，历任重庆新华日报社、人民日报社记者、编辑。1958年来宁夏工作，先后任宁夏日报社编委会委员，工交部、经济部、记者部主任，1982年任总编辑。高级记者。曾任宁夏新闻工作者协会主席、宁夏新闻学会会长。

宁夏日报社第二任总编辑顾页同志，堪称联系群众、调查研究的高手。这个印象是在我与他的接触中深刻感受到的。

20世纪70年代初期，我作为石嘴山市的新闻通讯干事，在参加宁夏日报社召开的通讯干事与记者、编辑联席会上结识了顾页同志。当时，他刚从“牛棚”解放出来，做一般记者。在联席会上，他从我和企业通讯干事的发言中了解到有关工矿企业方面的报道线索，相约一同去采访。

会后，我们同乘从兰州开往呼和浩特的慢车去石嘴山。上车后，找个座位，放好行李，他便与邻座的旅客聊了起来。我注意观察：他睿智亲切的目光、温文尔雅的话语、谦虚随和的神态,一下子就缩短了大家之间的距离。他们天南地北神聊的热乎劲,使人以为他们是结伴同行的故里乡亲。

在之后的交谈中,我说起火车上的情况,顾页同志感慨地说:“作为新闻记者,随时随地都应与群众接近,通过无边无际的聊天,和群众交朋友,了解社情民意,触摸群众的思想脉搏,这对记者开阔视野、纵观全局,抓住具有普遍典型意义的新闻题眼有好处。”在随同顾页同志采访中发现,他特别注重深入第一线,工厂的车间、班组煤矿井下的掌子面,都要走到、看到、问到、体察到。他与被采访者交谈时,除了对具体数据、人名做笔记外,一般不做记录,而是回到驻地后再整理笔记,到动笔撰稿时,就不再翻采访本。我请教其中的奥妙,他说:小李,你想想看,你跟法庭上的书记员一样正儿八经地有闻必录,被采访者担心自己说错话,他能向你谈真实情况和真实思想吗?当记者就要练就用心记录的本领,而整理笔记就是打腹稿,等到动笔成稿时,所采访到的东西都已吃透于心了。

一天晚上,我到招待所找顾页同志谈采访事宜,看到他在灯下钉衣服纽扣,床上的灰色帆布手提包里,针头、线脑、纽扣、布头等家庭妇女手头必备的小玩意儿应有尽有,甚至还装着几头大蒜。我问这些物件都派何用场?他笑眯眯地说,记者下乡到基层,十天半月、个把月甚至几个月是常有的事,走路、爬山、下庄稼地、进树林、到工地、下矿井、骑毛驴、坐牛车、乘拖拉机,刮破了衣裤、碰丢了纽扣,随时都可以缝缝补补;蚊虫叮了脸、手、脚、腿,甚至被狗咬了用大蒜擦一擦可以起到消炎作用;喝了不干净的水,吃了不洁净的食物,吃上几瓣蒜,也可以起到杀菌的作用。

我把从顾页同志言传身教中得到的这些教益运用到自己日常的采访实践中,获益匪浅,且终生受用,成为与《宁夏日报》打交道40年不辍的资本。在与顾页同志相识、相处过程中,我们结成忘年交。我到报社开会或送稿,他约我到他家做客,亲自下厨为我下鸡蛋挂面。以后他当了总编辑,下基层采访相对少了,但一见到我就询问我的学习和工作情况,用手捏住我的脸蛋开玩笑说:“小李,最近脸蛋圆圆的，是不是动脑子、写稿子少了！”

在我担负领导职务后，他更是叮嘱“当了领导可不敢扔了笔杆啊！”

顾页同志是革命战争年代就从事新闻工作的老革命，新中国成立后又长期在中国第一大报《人民日报》当编辑、记者。1958年宁夏回族自治区成立时奉调宁夏日报社，直至20世纪90年代中期逝世，将大半生贡献给了宁夏的新闻事业。

（编者按：作者系石嘴山市政协科文卫体文史委员会原主任、《宁夏日报》资深通讯干事）

采写批评稿的回顾

王振刚

王振刚，1949年在华北大学学习，当年8月随西北干部大队行军西北，11月被分配到宁夏日报社工作，先后在宁夏日报社农村部、工商部、政文部、理论部、群工部、评论部等部门任编辑、部主任等职。1981年任宁夏日报社编委会委员、副总编辑。

当记者，尤其是当一名驻地记者，写批评稿确实很难。但是为了维护党在人民群众中的声望，保护人民群众的利益，作为一名党报的记者，必须拿起这个“武器”，积极而又慎重地批评各种错误的言行。为此，记者应当学会和善于使用这个“武器”。

本人当了20年记者，在这方面既有成功经验，也有失败教训，现就谈谈个人的一点体会。

还是通过一次采写批评稿件的全过程，看看记者怎样写批评稿及采写过程中如何处理一些问题。我在一个县当驻地记者，有一次一连收到五六封群众来信，反映这个县的县长、县政府办公室副主任和民政科科长，合伙私分补助费，县长一人独得500多元。每封信都写了这样一些话：你是党报记者，要维护党的利益；你是人民记者，要替人民说话。我拿着信找县委书记，当我谈完之后，他也从抽屉里拿出了两封信，内容都差不多。我把我对这些信的看法和我要调查的意见说了，得到了他的积极支持。党委的支持、群众的呼声，促使我严肃地考虑了这个问题，决心调查个水落石出。

既要维护群众的利益，又要教育本人。从七八封来信的内容看，事情过程都差不多，只是钱数有些小的差别，这就是说确有此事。我当时认为，报纸批评的目的，对他本人来说是接受群众批评，承认错误，改正错误，挽回影响。另外，这位县长同我私人关系不错，他在一个县当县委副书记时，我们经常来往，他来银川开会，也常到我家。于是我决定先找他本人谈。一天晚饭后，我登门拜访他，刚进他家门，他就说，是不是为了一些人反映我的问题来找我？既然他已经知道了，我就开门见山谈了一些情况。这位县长是个直爽人，他当时就承认了这件事，并说“我错了，看组织怎么处理吧”。我又从道理上说利害，他也点头称是，也表示同意我写批评稿。我当时想还是老干部，承认错误真痛快。

批评稿写好后一定要给本人看。

同县长谈完第二天，我开始采访，先后找了10多个人了解情况，征求意见。稿子写好后，交给了县委书记审稿。为了慎重起见，他提出开县委会议，集体讨论。我提出一定要县长参加，充分听取他本人的意见，县委书记也同意了。在会上，由我说明情况，读了稿子。参会的同志对事实没有提出什么意见，只是对于一些形容词建议删掉为好，我都当场作了修改。最后县委书记征求县长的意见，县长说：“事实没有出入，听候组织处理。要是登报，我在这个地区就不能工作了，组织决定吧，谁让我要钱不要脸呢！”话语中听得出来，可以承认错误，接受处分，但不同意见报。

批评，对于被批评者来说，总是不会有表扬的感觉。这时县长对自己的错误事实是承认的，但由于各种私心杂念，多多少少有点抵触情绪。县委书记和他多次谈话，但收效甚微。我认为工作做到这种程度也可以了，让他完全想通不可能，有些待他自己慢慢去想。批评稿见报后，这位县长翻来覆去看这篇稿，内容挑不出毛病，只是对刊头有意见。我们版面编辑在画版样时，加了一个"蜜蜂"刊头，报纸印出后看不太清楚，这位县长说，我有错误，按党的原则应该批评，可为什么把我比成"苍蝇"呢！原来他把"蜜蜂"的刊头误看成"苍蝇"了。这虽然是误会，但是引起了编辑部重视，我们专门开会研究，全体编采人员一致认为，批评稿件不仅要事实无误、观点正确，分析还要恰到好处，措辞也要适当。除此之外，放的位置、版样处理也要注意，否则，也会影响报道效果，甚至招来不必要的麻烦。

正确对待党委主要领导同志的意见。批评稿见报后，编辑部收到读者尤其是这个县的读者的来信，对党报坚持原则、反映群众意见给予了表扬。从群众角度说反响是好的，可上级党委主要负责人看后不太满意。有一次，这位负责同志到报社编辑部，在发言中说，记者不能想批评谁就批评谁。他虽然没有明确提及这篇稿子，都能听得出是针对这篇报道的。对于这种说法，我们要从正面去理解，工作中的缺点、错误很多，对于记者来说，不能拣什么写什么，一定要考虑是否具有普遍意义，是否典型，发表后是否有震动。所以，在采写批评稿件上一定要坚持党性，持慎重的态度，尽可能排除来自各方面的阻力，还要充分同被批评者核对事实，交换看法，减少本人的抵触情绪。这样的批评稿件才能收到好的效果。

碎语旧日琐事

毛　弋

毛弋，1930年生，河北省满城县人。1949年从华北大学分配到宁夏日报社工作，历任记者、编辑部主任、编委会委员、宁夏大学兼职教授，高级记者，宁夏记协和新闻学会常务理事，享受政府特殊津贴。

一嘴吃个草帽子，满肚里是转转

当记者的时候，在农村碰到了不少我认为的语言老师，男的、女的，老的、少的，拿锨的、扶犁的，放羊的、管树的，哪行都有。他们的姓名，如今有记得的，有不记得的，有的当时就没问对方姓啥叫啥。不管咋论，在我心目中，他们是我的老师，在采访交谈中，使我受过益。不过，我得说明，这些老师都是可遇而不可求的。

要问我能不能举个例子？行啊！不问我也要说。

有一次我到吴忠马家湖李桥大队采访,中午在大队灶上吃饭。李桥大队一直挺有名气,来来往往的人挺多。大伙围着边吃边聊,还挺热闹的。说着说着,有人提到外队的一个干部,便七嘴八舌地评论开了。谈论中,有人问站在旁边的朱梅英咋看。朱梅英是大队的粮食加工员,兼顾给灶上做饭。她笑笑说,那人"一嘴吃个草帽子,满肚里是转转"。我听了这话,真想放下饭碗,拍案叫绝。听听,这话多精彩,多简练,大家议论的那个干部的形象一下子就出来了。我心里想,她是个难得的语言老师。从那以后,一到李桥大队我必要找朱梅英聊聊。真的,从她嘴里收集了不少群众语汇。

学习群众语言,收集群众语汇,也应是记者的必修课。从20世纪50年代初开始,原宁夏省制时的宁夏日报社领导,为改变记者在新闻宣传中语言贫乏的通病,使稿件富有表现力,责成报社总编室定期收集统计编采人员交上来的群众语汇,集纳成册,坚持数年,直到省制撤销。至今我还把它当宝贝保存着。从那时起我就养成了习惯,每次采访后,都会把群众语言分谚语、歇后语等摘记到另一个本上。可是,使我非常痛心的是,在搬家时笔记本被弄丢了。写到这儿,恨不得再翻箱倒柜。

亮的是水,黑的是泥,不黑不亮的是地皮

当记者的同志都有体会,特别是驻地,你说采访哪有个时间规定,哪里有值得报道的,说走就走,管它白天晚上,刮风下雨。

当然,如今的条件好了,不能和过去比。过去苦点,可也学了不少东西,也不算吃亏。

有一回在青铜峡小坝采访,一个生产队里开社员会,公社领导邀记者参会听听。虽然这么多年过去了,我仍记得,研究的是能不能开砖窑的事。有的社员说能行,有的说不行,要挖好多地。两种意见针锋相对,都添油点灯了还没完没了。正在这时,天上下开了雨,好大哟!若不是这雨,会还散不了。大队会计对我说:"再等等,雨小了我陪你回大队。"雨是停了,可天黑得啥也看不见,又没

个手电筒。会计说："毛记者，你跟我走，看着点脚下，亮的是水，黑的是泥，不黑不亮是地皮。"嗯，还真是这么回事，可贵的生活经验。

实践，使我感受到群众中不仅有简洁、凝练、生活气息浓郁和独有韵致的语汇，而多种经验，绝对是智慧的积累。简直是生活的"教科书"。那次去中卫香山景庄的钻洞子，可以说没有路，那是一条人走跌跤、马走掉掌的乱石沟。队长王全茂边走边给我介绍队上的情况，他抬头一看说："沟城有云，到沟坡上走。"等我们走到队上的时候，汹涌吼叫的山洪顺沟而下。怪不得山里人说，"走山沟，看沟墒"。群众的生活经验，让我学到很多知识。这些知识有时会帮助我们很快和群众接近。平罗县前进乡曾有个和我挺熟的饲养员"考"我："你知道这几头牲口哪头年轻？"我说："七圆八扁六四方，掰开嘴看牙，牙磨圆的就是老牲口。"他笑笑："没白在农村跑。"对，不能白跑，处处皆知识。

当时我听到这话，内心很得意，总算没有一问三不知，三问九摇头。

骡子大马大值钱，人的架子大不值钱

如今，我还经常怀念一个人，他叫牛存义，惠农县宝丰人，全国农业劳动模范。此人在20世纪50年代大大有名。

有一回，在渠羊大队的热炕上，我俩闲扯了大半夜。那时我是小青年，他是全国劳模，是长者，只能说是忘年交。不知他看到什么，想到什么，有感而发："'骡子大马大值钱，人的架子大不值钱。'你说有的人刚有个一官半职咋就不懂这个道理呢？"几十年过去了，这句话我始终忘不了、丢不掉。因为当时我曾猜想过他指谁呢，县上的？镇上的？队上的？……书记？县长？……不去想它，根据牛劳模的口气，好像不是背后说哪一个人，而是在谈一个问题。用他的话说，人有了架子，脸就绷紧了，眼珠子就往上翻了，脖子就往后仰了，话也少了，一开口就得撇腔拿调，直想训人，群众最见不得这种人。

"架子"二字，是会引出不少值得思考的问题。有架子，不用说，必是群众观淡薄。也不一定当了官才有架子，任何人都可能有，但至少要有某种使自己感到优越的条件。有时也联想到记者,当然包括我。一般来讲,记者走到哪儿都吃香,受欢迎。记者自我感觉,不管嘴上说不说,潜意识也会感到神气,挺受宠的。可以和驻县及县上的领导不受拘束地闲谈;晚会看节目,也会安排你到前三排;有个什么宴会,也少不了你的座位……别人的盛情,可能会认为"理当如此"。于是无形中会产生某种程度的居高临下的味道,出现"架子"的苗头。

与新闻同行闲聊,有人就说过这样的事:有的文字记者对采访对象说:"启发了你好半天,怎么连个表态的话都不会说,真是。"摄影的对着被摄影的人说:"你这么大岁数了,怎么连笑笑都不会,真拿你没办法。"这些都是虚构的笑话,可又恐怕不是笑话。这种表现盛气凌人,不是"架子"十足吗?

牛劳模,感谢您,您的一句谚语,提醒我自律,学做人。

经济宣传要上新的档次

王树禾

王树禾，1936年出生于吉林省双辽县。1955年至1959年就读于北京大学、中国人民大学，1959年9月至2000年7月先后担任宁夏日报社编辑、部主任、副总编辑。高级编辑。政协宁夏第六届委员会委员。宁夏老新闻工作者协会副主席。

经济宣传在经济建设和改革开放中的重要性，决定了我们要更加重视和改进经济宣传，让经济宣传上新的档次。

《宁夏日报》的经济报道不少，但多并不等于质量好。一些经济报道还自觉不自觉地固守着陈旧的报道模式，从概念到概念，数字加数字，技术名词一大堆，枯燥乏味。有的读者说，有些报道"内行不愿看，外行看不懂"，有的反映许多经济新闻"老一套，没看头"。就宣传效果而言，一些经济报道还存在受读率低、置信度低、价值度低的问题。

要使经济宣传如同吸铁石一样吸引读者，我们必须讲求宣传艺术。

首先,必须加强针对性,经济宣传要有的放矢。经济宣传的首要任务是宣传好党的方针、政策。要紧密联系干部群众的思想、工作和生活实际,联系宁夏经济形势、改革开放的进展情况,有针对性地阐述党的经济政策,做好解惑释疑的思想工作,并在现有的经济报道中很好体现党的政策。

其次,要克服报道领域的狭窄性,开拓新的报道领域。过去,我们总以为报道工业、农业、商业、财政、金融的才算经济新闻,这样报道面就太窄了。按照政治经济学的说法,凡是报道生产、流通、交换、消费等社会经济活动的各个环节的,都是经济新闻。也就是说,第一产业、第二产业和第三产业中有关经济活动的部分,都是经济报道的领域。因此,我们要突破传统的经济新闻报道面狭窄、单调乏味等框框,把触角伸到经济生活、社会生活的各个角落,从生产、流通、销售到消费,从工业、农业、商业到服务业,从人们的衣食住行到社会热点、流行风尚,都要包容在经济新闻的视野之中。

第三,要追求贴近性。经济宣传,一定要贴近实际,贴近生活,贴近群众。如果经济报道和群众的愿望、要求、利益有距离,群众就不愿意看。我们要在浩如烟海的经济生活中,寻觅和选择读者最关心、最渴望、最感兴趣而又最贴近读者的经济题材去采写。要想读者之所想,急读者之所急,这样才能写出在心理上与读者最接近的、扣人心弦的经济新闻。特别是要注意寻求和选择与读者在利益上的共同点和结合点,使经济新闻对读者具有诱导力和震撼力。比如,要改变一些成就性报道(包括重点工程的报道)读者不愿看的状况,我们就应该从群众最能感受、最易理解的角度去宣传建设成就。写重点工程,要写这项工程和国计民生到底有啥关系。这样,读者才关心这方面的报道。

第四,增强群众性和服务性。过去,有的研究报刊宣传的人,把经济新闻概括成这样一个公式:领导作用+业务+效益数字=经济新闻。我们许多经济新闻,的确是单纯从工作角度去采写的。不厌其详地摆成绩,谈业务,变成了一个部门的公报,一家企业的工作志、大事记。这样的报道,缺少新闻价值,只是某个行业、某个部门、某一部分人满意,广大读者并不感兴趣。增强经济宣传的群众性和服务性，就要从新闻角度写新闻，要多宣传经济建设中的创新之举，经济改革的成效和碰到的问题，新鲜的经验和教训，群众的呼声、要求、创造性劳动和奉献精神。

经济宣传中要扩大信息传播量，要加强国内和国际经济生活的报道，帮助读者知各地之信息，察世界之潮流。

第五，要克服经济宣传手法的陈旧性，选材、立意、写法上要刻意求新。经济报道，写生产要写人，写人要写思想、写行动。要把难懂的技术术语、专业名词“翻译”成通俗的语言，把抽象的数字化为具体的形象概念，尽量把经济新闻写得生动形象、通俗易懂，富有知识性和趣味性。要多写多报道内容可闻可见可触，读后如临其境、如闻其声、如见其人的现场短新闻。对于产品质量、安全生产这样一些老主题，要取新的角度、新的构思去报道，使老主题添新彩。

1958年宁夏，我的“行走”

王庆同

王庆同，1936年生，浙江嵊县人。1958年北京大学新闻专业毕业后任《宁夏日报》记者、编辑。1983年任宁夏大学中文学教研室主任、教授。1996年退休。

我于1958年大学毕业，从北京来到宁夏，进入宁夏日报社从事工交方面的采编工作，下乡是常有的事。那时年轻，精力旺盛，没把吃苦太当回事。现在，把它写出来，回味一番，使我更加珍惜来之不易的今日宁夏经济社会发展之局面。单说当年关于“行走”的事儿吧。

没有沥青路，只有“水泥”路

1958年8月下旬，我到银川的时候，银川还没有沥青路，最“大”最“好”的中山街、解放街，只是砂石路，没有红绿灯。有的地方有很窄的人行道，少数人行道铺砖头，更多地方压根儿没有人行道。所以，只要下雨，车和人都在泥泞中行走，是谓“水泥”路吧。我在宁夏的第一个中秋节，是在一位通讯员家里过的。路上有泥泞，就是深一脚浅一脚在“水泥”路上走到他家的。

银川没有出租车（北京刚有少量出租车），街上见不到公交车（轿车）。宁夏工委是派卡车到火车站接我们的。我在宁夏第一次“行走”就是乘卡车从银川火车站到老城，在弯弯曲曲的砂石路上走了一个小时。大约是在自治区成立后，银川市区才能见到少量的公交车，间隔时间至少是半小时。所以在银川市内采访，乃至到永宁、贺兰采访都是骑自行车。1959年春，单位给我发了一张自行车票，我凭票买了一辆苏联造的墨绿色坤车——只要一倒链就是刹车，骑起来不习惯，没少摔跤。这种车喷镀工艺质量很差，淋雨以后车圈上锈。一年后又买了一辆国产“永久”牌自行车，很结实，一直用到“文化大革命”开始，我“滚出”（迁赶出）银川，把它卖给了印刷厂的一位工人。

到固原的班车走两天

我因为在报社工交部负责采编工业支援农业和手工业的报道，到固原的机会相对多一点。银川到固原有不定期班车，但车况不好（密封不严，走得很慢），路也不好——全是砂石路，有砂坑、搓板路、水毁路面等。班车一般走到中宁，最多到同心就不走了，住一晚，第二天继续赶路，中午或下午才能到固原。

有时，我们要赶路，就到邮局找熟人搭邮车（卡车）去固原，可以当天到达。有一次，我被安排在帆布篷卡车车厢里，坐在邮包上。邮车跑起来贼快，在砂石路上颠簸得很厉害，颠到固原，腿都直了。那时机要邮件随普通邮车走，机要邮递员背着邮袋，挎着驳克枪，坐在驾驶室里，他边上就不能再挤坐任何人。他神情严肃不说话，瞪着眼睛环顾左右，警惕性不亚于今天运钞车的武装押运员，我没敢跟他说一句话。固原专区到所属各县也有班车，有的是敞篷卡车——乘客靠两边车帮坐两排，都坐在自己带的包上，没包的只能坐在车厢里；车厢中间再背靠背坐两排。夏天还可以，冬天朔风刺骨，车跑起来真叫冻死人呀！冰天雪地坐敞篷卡车,那个罪,没法说。

“黄龙”,弄得你灰头土脸

1937年1月,范长江经宁夏赶赴西安时曾说到宁夏的公路:道路路面铺起二三寸深的浮土,汽车驶过后面立刻跟上一条“黄龙”。20世纪50年代,宁夏路上的汽车驶过还是那个样子:后面拖一条“黄龙”。

下乡坐班车,如果轮到坐敞篷卡车,就必然有人要吃浮土。坐在敞篷卡车最后一二排,甚至最后三四排的人,会叫“黄龙”弄得灰头土脸,等你下车的时候,只有两只眼睛不沾土。如果是冬天,扬起的浮土还能与你的鼻涕眼泪混合成泥蛋蛋,吊在你的眼角和鼻孔下面。记得1960年以前,宁夏的长途班车中总有以敞篷卡车来充数的。我坐过倒数一二排,尝过人被“黄龙”裹挟的滋味,现在“纸上谈兵”,难以描述其“原汁原味”于万一。

为了减少乘敞篷班车的概率,我们有时走后门。在固原发往各县的某一轿车班车满员的情况下,有时去找车站的科长(姓什么忘了),说明是紧急采访,他就从兜里拿出一张卷烟用的二指宽的纸条(他抽自己卷的烟),写上“把记者加上”几个字,我们凭条能上已满员的轿车班车,避开下一趟卡车班车。

那时,没有全国统一的记者证,宁夏日报社不发记者证,只发工作证,像我们这样的一般干部,“职务”一栏空着。为了优先买车票或“走后门”上车,自己在“职务”栏写上“记者”二字,拿着去找固原汽车站那位科长开条子,他认。至于优先买票,在固原专区范围内,只有海原汽车站卖票的老先生认,打开售票窗口先喊“军警界有没有?”“新闻界有没有”——他知道要给这两界的人优先售票。有的农民看新闻界的人能先买票,有时挤上去说“我是新闻界”,售票的老先生倒也不骂,只是瞪着眼睛问“证在哪达?”

道路不好,给出行带来不便。1927年美国作家、记者安娜·路易斯·斯特朗随苏联顾问鲍罗廷等乘汽车取道兰州、银川进入蒙古,回苏联。她于这年的8月24日抵达银川。“我们离城门(指银川城门——编者注)只有五英里路时,夜幕降临了。路上一汪一汪的水开始阻滞我们。有的地方泥浆和水深达几英寸，我们必须下车涉水，把车推过泥潭……”中国记者范长江于1936年5月2日从中卫乘汽车到银川，途中“朔风怒吼……路渐近贺兰山，间有沙窝，前进甚难，有一二处须下车推车，始能通过”。这样的路况，到20世纪50年代我到宁夏的时候，还没有大的改观。

过黄河，常遇麻烦

20世纪50年代，宁夏境内黄河上没有公路桥，过河得摆渡。

从银川到吴忠、固原的班车，在永宁仁存渡摆渡——没有渡轮，只有稍大一点的木船，靠一只固定在木船侧面的小汽艇带过河去。车子上下木船很是费事，要耽误不少时间。从平罗到陶乐，得在平罗摆渡，因为那里河岸被河水来回冲刷，经常塌方，摆渡的风险更大些。

1960年春，我骑自行车从平罗县城东行约一小时后，到达黄河岸边，登上一条木船，向对岸下游方向的陶乐县城漂去。快到陶乐岸边的时候，船工才用篙撑船，以掌握方向好靠岸。谁知岸边塌方，地形改变，靠不上去，船工急了，呼叫“年轻的下水！”我们这些年轻人，卷起裤腿，跳进齐膝深的黄河里，硬是推着渡船靠了岸。据说，陶乐渡口最麻烦的就是没有固定码头，每次靠岸都是一场战斗。上岸以后，骑自行车又奔了半个多小时才到县城——城里有1000多居民，没有电，只有县委、县政府晚上用自备小发电机供电的几盏灯丝发红的电灯。

这次陶乐之行，还有一个巧遇，那就是我在渡船上见到侯仁之教授。上船后，见到几位佩戴着北京大学校徽的学生和一位老师模样的人。出于好奇，我说了自己的身份，以及刚从北大中文系毕业来宁夏。他们说是北大地质地理系的学生，随系主任、教授来宁夏调查沙化情况，老师模样的人就是侯仁之教授，他们要到陶乐去看一下。那时，我的报道视野很窄，没有意识到这是新闻，同时原来也不认识侯教授，在渡船上也只打了个招呼，上岸后就分手。2008年4月，我看到杨森翔先生发表在《吴忠日报》上连载长文《向沙漠进军——1960年侯仁之宁夏河东沙区考察回忆》，这是几十年来我第一次看到侯教授来宁夏的文字记载，稍感遗憾的是，侯仁之这样的历史地理学的开拓者，地理学界的前辈、泰斗来宁夏调查沙化，却没有引起地方政府的重视，他走后六七年的光阴，宁夏就开始了登峰造极的“沙化大发展”，直到“文化大革命”结束，才逐步走上治沙的道路。

那时，宁夏人过黄河还有两法。一是冬天黄河结冰后，从冰上过去。范长江在《塞上行》里记录了1937年1月他从宁朔南面过黄河，因为冰上有水滩，“我非常心爱的一双俄罗斯大毡靴，这回算不能不牺牲了”。我曾几次涉冰过黄河，鞋袜也叫弄得湿湿的。二是乘牛(羊)皮筏过黄河。

牛(羊)皮筏，实打实的运输工具

1959年的一天，我有机会乘坐羊皮筏过黄河。

那次，我和两位同事要从中卫县城去黄河南岸的上下河沿煤矿采访。去上下河沿，在中卫只有乘羊皮筏。我们先走到上游的一个地方，两个人分别蹲在已经铺了几层砖的羊皮筏子上面，由筏工划着向下游的上下河沿漂去。到河中心，有点风浪，河水溅上来打湿衣裤，而黄河的浪，竟触手可及，顿生恐惧感。当天下午，我们又从上下河沿乘坐运耐火砖的羊皮筏顺流而下，在迎水桥上岸，到迎水桥铁厂采访。

在20世纪50年代末的宁夏，羊皮筏是实打实地用来运输物资的水上交通工具，而不是旅游工具。

斯特朗于1927年8月，在宁夏黄河南岸一个叫宁安堡(今中宁县宁安——编者注)的地方过黄河，她记载说，车辆“到达黄河边，登上了筏子”，而一辆卡车“因载重过多，车辆的后部压得筏子失去平衡，又必须卸下重新分散装载”。可见牛(羊)皮筏在那时是重要的运输工具。

到农村去，走路是必修课

因为要了解工业支援农业的效果，了解农民对工业生产的需求，社队也有一些手工业，所以我有时也要到农村去。而到农村去，走路是必修课。

1961年，我从固原乘坐到平凉的班车，在六盘山下的和尚铺下车，准备采访什字公社农具厂的财务管理经验，不料正赶上公社农具厂会计做季报，没有时间接受采访，而别人又谈不具体，我就决定到计划中的下一站蒿店大队采访。但班车已过（固原到平凉一天只有一趟），只好沿着傍山的公路步行而去。20多里路走了3个多小时。这条路是平坦的。

1962年夏，我随海原农具厂修配小组下乡了解农民对小农具、炊具的需求，头天从海原县城步行到贾埫公社，第二天再步行到郑旗公社，见识了宁夏山区乡间小路行走之艰难和“山区的天，娃娃的脸，一天十八变”的反复无常的气候。同年，我从海原县城骑自行车到西安公社农具厂采访，见识了山区路的陡上陡下的惊险。有一半的路无法骑，是推着车走去的。

1962年春节前，为了了解农村手工业产品供应情况，我从灵武步行到吴忠，看了看崇兴等那些大一点的农村商店究竟有没有卖车马挽具、锄头、菜刀等。那条小路上没有班车，只好靠两条腿。

比步行稍快又较省力的行走方式是骑驴。1962年我在海旗公社，曾随一位生产队长骑驴到他的队上调查小农具供需情况。第一次骑驴，别别扭扭。后来，到盐池生产队劳动，骑驴就比较熟练了：放松身体、顺其自然，既安全又省力，绷紧身体，硬要驾驭，非掉下来不可。

坐大小胶（轮）车，幸运得很呢

农村较早用的车是车轱辘一人高的木轮车，用牛驾辕，两边各套一头牛。20世纪六七十年代，我在盐池农村劳动时，生产队里还有这种车，是用来给地里送粪的，走起来嘎吱嘎吱响，一摇三晃，慢得怕人，但不会陷进地里（车轱辘大），可能是宁夏当时车辆中最落后的一种。

范长江在《塞上行》里对1937年初的宁夏有这样的描写：“路上最普通的交通工具是大轮牛车。轮子差不多有五六尺的直径，而拉车的塞上黄牛高度不及车轮的半径,短短的腿,粗粗的腰,一步一步地向前行进。"那时宁夏路上最普通的交通工具就是这些摇晃晃的东西。到了20世纪六七十年代,宁夏农村里依然有这些宝贝蛋,三四十年过去,发展的速度是够慢的。

比木轮车进步一些的是胶轮车,就是用充气胎轮代替木轮,轴上安有滚珠。小一些的用驴驾辕,是为小胶轮车,口头上叫小胶车;大一些的用骡马驾辕,叫大胶轮车,口头上叫大胶车。我刚到银川时,街上还有小胶车、大胶车。那时的水车就是在小胶车上放一个水箱,或几个驮水桶,用来给没有自来水的单位、人家送"甜水"。银川以外市县街上的大小胶车更是司空见惯。

胶车需要一些车马挽具,骡马也需要钉掌。1927年8月,斯特朗对银川作过这样的描述:"就在出售舶来品的商店旁边是铁匠的炉火,正在制作原始的马具……"1933年4月至6月,归国华侨林鹏侠在银川逗留旬日,她应邀参加大校场的一个集会,就是被用骡车接去的。骡车,那时是隆重的迎宾交通工具呢。

下乡采访能坐上大小胶车,就算是幸运的了。1961年春,我采访固原县农具厂劳模陈万隆下乡修农具,就是坐他带的小胶车去的,小毛驴跑起来挺风光。1958年10月,我随《宁夏日报》资深编辑郑禄到大武口,从平罗经大武口到大磴沟,是坐参加大会战的农民带的大胶车去的。大骡子昂首挺胸,走起来挺威风。从平罗到大武口村,有砂石大路;从大武口村到大磴沟,没有路,车只能在山水沟里艰难地蜿蜒行进。我们是记者,带着行李坐在大胶车上,而更多的农民,则背着行李、工具,步行进山。

这里有个插曲:20世纪90年代,我写了一篇报道,回忆从平罗坐大胶车进山。一位编辑编发这篇文章时,把"大胶车"改成"大轿车":他以为我有笔误,把"大轿车"误写成"大胶车",让我哭笑不得。那时,银川街上还少有大轿车,平罗到大武口、大磴沟,哪有什么大轿车啊!这件事使我明白:让年轻的朋友了解我们是从怎样的环境中走过来的,很有必要。如果忘记过去,不知道"你从哪里来",那么,"你到哪里去",可能会迷失方向。

从上海报童到宁夏广告人

边廷华口述　朱以林执笔

边廷华，1935年生于上海，1948年当报童，1954年6月加入中国共产党。1956年调上海解放日报社从事发行广告工作，1958年10月调宁夏日报社，一直从事广告、发行工作，1992年任副处级编辑，1995年退休。1997年担任宁夏老新闻工作者协会第四届理事会副秘书长。

遇救星：从报童成长为报人

我出生于一个普通工人家庭，3岁时因日本鬼子打进上海，父亲失业了，家里仅靠卖早点维持生活，步履维艰。我在13岁时当了报童。一些人看我小小年纪就卖报受苦，出于同情心买我的报，有时还多给些钱。这期间遇到了共产党的一名地下党员，他见我机智灵活，就经常托我代发革命传单。我从传单上渐渐懂得革命道理。上海解放前夕，我参加了派报工会，参与组织上海派报文工团和群众一起迎接上海解放。1950年到了上海市派报工会成立的文化新闻统一服务社当送报员，并加入了新民主主义青年团。1954年18岁时加入共产党，之后调解放日报社做报纸发行广告工作。我清楚地懂得，是党引导我走上革命道路，到了党报工作，还进行了行业工会办的速成中学学习，因此从内心感激党，决心听党话，跟党走，为党为人民作出贡献。

1958年宁夏回族自治区成立，需要各方面人才，发行、广告工作方面的人才更缺。中央号召全国支援大西北、支援宁夏。我得知此事，第一个报名支宁，在报社食堂公告栏里贴出坚决要求支宁决心书。组织上批准后，我来不及与未婚妻举行婚礼就带着她登上了开往西北的列车。在列车上，带队干部为我俩举行了结婚仪式。到银川后，邮政局与宁夏日报社都争着要我俩搞发行工作。后来，我到了宁报，爱人到了邮局工作。

抓发行：深入基层千方百计

从到宁夏日报社上班之日起，我常年深入基层，搞调研抓发行，发现问题及时寻求解决办法。

山区的许多学校和乡村群众没钱订报，影响那里报纸的订阅。我了解到过去有的地方曾采用锯树卖钱订报的办法，便向各地提出建议：有条件的地方，请公社党委划定读报林，经同意，有计划地砍伐一些老树，伐一棵补植三棵，用卖树钱订报。西吉县的白崖公社首先实行，以后在隆德县的神林公社以及其他地方推行，从而解决了订报费用短缺的问题。

许多地方因邮政人员少，报刊不能及时送到村队，影响群众读报看报。我到处征求意见，提出了一个解决办法：在乡村设立红领巾传递站，选用学生担任红领巾传递员。邮局将村队订阅的报刊送到各学校，再由学校负责分发给各村队，并选定一名学生带回送给订阅户。邮局购买一些书包及其他文化用品分发给担任传递员的学生。这一办法的推行，使许多生产队都及时看到了报纸，也提高了干部群众订报的积极性。

个别偏远的地方还是不能及时看到报刊，我又挖空心思设法解决。阿拉善左旗(1969年至1978年划归宁夏)宗别立边防战士来信说,他们那里20多天才能收到一次报刊、信件,一来就是一堆。我便与邮局同志一起去阿拉善左旗了解情况,回到报社后我想到了空投。在征得自治区邮电局领导同意后,向宁夏军区党委政治部打了报告,请求空投支援。于是,军用机场遵照军区的指示,令每天外出的生活采购机带上报刊信件飞往宗别立空投后再去别处。这一特别的送达方式,让那里的边防战士惊喜万分。

随着订报送报问题的逐个解决,宁报订数不断提升。据统计,那时全区平均每80人就订有一份《宁夏日报》,其中银川地区每7人一份,居全国之首;各农村生产队都订有《宁夏日报》。在西北五省区发行工作会议上,《宁夏日报》发行工作受到表彰。

抓广告:放眼全国　更新观念

在《宁夏日报》创办初期,报纸上很少刊登广告。不仅因为广告来源少,也与人们的观念有关。条条框框限制了广告的刊登,不利于报纸宣传作用的发挥,也不利于报社创收和地区经济的发展。1960年《宁夏日报》单独成立发行广告科后,不仅重视发行,也开始抓广告工作。报社领导给发行广告科下达了任务指标:每年订报数递增10%,广告收入递增20%。我看到领导对广告重视起来,工作劲头就更大了。

宁夏经济落后,广告业没有基础,抓广告工作有较大难度。但我在上海搞过广告工作,觉得这点困难不算啥。宁夏有多种土特产品,有的是稀有名贵产品。以往由于信息不通,销路不畅。如果利用报纸刊登广告把它们宣传出去,既能促销促产,又能增加广告收入。我便到各处游说,并承诺降低广告收费标准,把盐池的羊肉、甘草,同心、盐池的发菜和中宁的枸杞、平罗的糖蒜、固原的到口酥、隆德的油炸蚕豆等土特产品制作成一个个广告刊登出去,收到了很好的效果。当《宁夏日报》把题为“要吃好羊肉请到盐池来”的广告刊出后,上海、沈阳等14个省市前来联系购买羊肉,一下子把库存羊肉全部卖光了,还带动了其他产品的销售。消息传到全区各地，大大增强了人们的广告意识，越来越多的单位、集体和个人懂得了广告的重要性，主动与报社联系刊登产品广告。我除了抓本区的广告外，更是千方百计地开发外地广告来源。利用会议和其他联络方式与各地报社、广告协会和商会联系，介绍或联合发布广告。日本“东方”牌手表的总代理在香港，我通过到广州开会联络，接上了这一重要广告，每周刊登两次，增加了一大笔广告收入。

改革开放以后，人们的思想有了改变，但思维习惯的影响还在。1988年1月，宁夏秦剧团知名人士、民革成员杨觉民的女儿、宁夏歌舞团演员杨月琴与阿曼共和国驻北京办事处翻译官穆阿先生结婚，10月20日杨月琴在银川生下一女，穆阿先生十分欢喜，给亲友报喜。穆阿的好友郑平先生发来电报祝贺，同时要求在当地报纸上刊恭贺广告。我认为这是大好事，应当刊登，但有人极力反对。我说，目前宁夏农村妇女生女孩往往引起家庭不和，刊登穆阿与杨月琴喜得千金的广告，不但不会有副作用，而且会有利于转变社会上重男轻女的不良风气。我以宁夏日报名义与工商局联系，获得批准这半个版的套红广告，不仅增加了广告收入，也获得了良好的社会效益。此后，这一广告在浙江杭州广告展示会上得到好评，被评为优秀广告并获奖。

那时春节期间广告少，但在我的用心策划下，广告收入不但不减，反而增加了。1990年的“春光杯”广告，由我创意的“为‘春光杯’助一臂之力、登广告给予优惠”这一项就收入80万元，让兄弟媒体的广告人十分羡慕。1992年春节时，又组织城建系统春节为民服务专版广告，公交、路灯、电水气等单位建立值班电话并在报上表态，受到各方面好评，后被评为全区优秀广告二等奖。

广告来源的广阔开辟，使《宁夏日报》广告收入大幅上升。1978年广告年收入为历年最高，达18万元，党的十一届三中全会后的1979年增加到28万元，1980年突破100万元，到1995年上升到400万元。

由于在报纸广告发行工作上作出了突出成绩，我有幸代表宁夏广告界出席了中国广告协会在北京召开的全国广告工作者第一次代表大会。

记者与打狗棍

李　笑

李笑，1935年生于河北，长在东北，扎根西北，曾用笔名“三北”。1968年调入宁夏日报社，报道农村、工业、财贸领域新闻，历经理论部、记者部，后又在经济部编辑《信息与生活》小报，1995年自摄影美术部退休。

如今，记者的工作和生活环境，跟几十年前相比，简直是天壤之别，反差很大很大。下面我要说的几件事儿，可能年轻的记者看了不一定相信，然而，这确实是我的亲身经历。

20世纪60年代末的一个冬季，我和黄绍真、陈佐林搭伴到隆德、西吉去采访。那时，山区的农家大多养狗，一是为了保护羊群，二是为了看守家门。记者到哪里去采访，手里总是离不开打狗棍，时刻提防，别让狗咬着。由于选题的原因，我和黄绍真到西吉去采访一个单位。一天中午，我俩到一个老乡家去吃“派饭”。按规定，每人交付半斤粮票，两角五分钱。主人把我们让到正房炕上坐下。一个小嘎子坐在门槛上,为我们看狗。只见院子里的一只大黄狗,龇牙咧嘴地望着我们,很不友好。开饭了,小嘎子用一个方木盘子端上两碗素面条,放在炕正中的方桌上。虽看不到油花,但热气腾腾,闻起来很香,令人胃口大开。可是,正当小嘎子转身到厨房为我们去端盐巴和辣椒面时,那只老黄狗嗖地一下直扑过来,把炕桌掀翻了。黄绍真吓得"妈呀"一声,把碗扔掉,躲到炕角去,浑身发抖。主人闻声迅速跑来,把狗赶走。小嘎子重又坐在门槛上。我俩定定惊魂,才盘腿对坐,吃起重做的面条来。

细细观察,山村的狗大多是秃耳朵。为啥要剪掉?听老乡说,有两个原因:一是更加耳聪,声音听得远;二是显得精神。他们说,狗的耳朵不剪,日眼①得很!就是这些狗,见了生人拼命地咬。

一天,得知一批银川知青来西吉插队落户。于是,我便去采访其中一名女知青。她被分到城关镇一个老乡家"落户"。队长领去认门,我也跟了去。一路上,队长保护女知青,生怕被狗咬伤。哪知刚走进房东的院子还没等搭话,一只被剪了耳朵的大黑狗从女知青背后扑上去,把她扑倒在地,吓得她尖叫起来。尽管有人拉着,大黑狗还是不依不饶,硬是咬住女知青的棉猴大衣,撕下长长的一条布面……我站在一旁被吓傻了,惊出一身冷汗。主人把女知青扶到屋里,见她满身是土,脸煞白煞白。看她那惊恐的样子,满脸泪水,也无法采访,我便提着打狗棍退了出来。

1972年夏秋之交,由王树禾、郑希荣、艾军和我组成一个小分队,到固原县七营公社北嘴大队采访那里的农民政治夜校。

当时,交通很不方便。从银川坐班车第二天才能到固原县三营,而要从三营到七营再到北嘴大队,要走很远的山路。好容易走到七营街上,已经很累了,找个小食堂吃了顿饭。四个人又上路了。他们三位是文字记者,背个挎包就行了,牙具、采访本一装,轻装上阵,而我兼搞摄影,除了挎包还要背相机、笨重的闪光灯、电池、充电器之类,比他们累一些。那时,艾军从部队来报社不久,年轻

①宁夏方言,意为惹人讨厌,令人感到麻烦。

力壮，血气方刚，一路上他都替我背着摄影包。

走着走着，我们都感到口渴了。正巧，路边有片西瓜地，一位老人在看瓜园。艾军从口袋里掏出用7分钱买的一包“羊群”牌香烟，走上前递给老汉一支，攀谈起来。起初，老汉把我们当成外乡兄弟，后来才知道我们是下乡采访的记者。老人对我们可热情啦，在地里挑了两个西瓜，用拳头砸开，掰给我们吃，真是又甜又解渴。临走时，我们付钱给老汉，老汉说啥也不收。至今，老汉那朴实憨厚的笑容仍深深地印在我们的脑海里。

路上，时不时地遇到坏狗挡道。危急时刻，艾军挺身而出。他弯腰拾起一块土坷垃，拿出练投弹的功夫，投得老远，而且靶子又很“着”，把狗打得呻吟着跑掉了。

艾军是陕西周至人，有一副好嗓子，秦腔唱得好。他唱样板戏《红灯记》中李玉和赴宴斗鸠山的唱段，声音洪亮高亢，回荡在大山深处。我们听了浑身是劲，脚步也加快了。到北嘴大队的当晚，我们立刻赶到农民政治夜校去采访。教室里没有电，每个书桌上放一支蜡烛或煤油灯。由县里蹲点的干部杨联明当老师，教大家学习毛主席文章《为人民服务》。课间，他们三人分头采访，我便支上三脚架，用慢门“抠”照片（因是拍夜校，不能打闪光灯）。

晚上，我们住在队长家的一铺大炕上。我用的枕头是冬瓜形的。因为年深日久，枕头表面油光油光的，好像涂了一层沥青。头一挨枕头，先是一阵冰凉，然后是刺鼻的怪味扑面而来，我便把擦脸毛巾铺在上面，遮挡一下。被头也是黑黑的，冰凉棒硬。我们想出个办法，用自己的上衣盖上半截，下半截再盖老乡家的被子。可是，怎么也睡不着。老乡热情待客，把炕烧得热，我们只得勤“翻烧饼”。由于晚饭吃的是清汤面，躺着躺着尿又急了，可又不敢出屋，因为门口趴着两只大狗，四只眼睛闪绿光，很是吓人，只好憋着。好容易队长醒了要起夜，我们几个赶紧爬起来，披上衣服，在队长的掩护下跑到院子里去撒尿。

次日清晨起来，不能像在城里那样，随手拧开自来水龙头洗脸。这里水比油贵，队长端来一搪瓷缸水，我们四人每人含一口再一点点吐到手上，洗手洗脸。轮到刷牙,又没有水了,我们只好学老乡的样子:把盐面放在食指上,顺着牙齿拉动几下,算是刷牙了。你还别笑,用盐刷牙,一是杀菌,二是消毒,还挺管用。

六盘山区的路

李　萌

李萌，1926年生，安徽省临泉人。1956年进入中国人民大学新闻系学习，1960年毕业后留校任助教。1962年12月调入宁夏日报社当记者、编辑，先后任记者部、科教部、总编室副主任。

初到宁夏日报社的两年多，是在固原记者站度过的。在北京待久了，乍到宁夏来，所见所闻，都感到新鲜：这里特白的云、特蓝的天、滔滔黄河水、巍巍贺兰山，都吸引人啊！1974年，再次被派到固原记者站当驻地记者。几年间，在固原地区各县都留下了足迹。山区纯朴的人，甚至一草一木，都令人难忘，值得怀念。1985年，我们一行十来人，乘报社的面包车到延安和西安去，第一天住庆阳。次日清晨，出南门，行车10多公里，遇到十字路口向左转。这段路，过去没有走过。那天，我坐在靠车窗的座位上，正在向前方张望。啊，“宜兰线”三个字！看到这三个字，心头一热，似乎是他乡遇到了故知。宜兰线是309国道的宜川至兰州段，经过宁夏的固原、西吉两县。修这段路的时候，我采访过筑路大军，在工地上推过土，也曾骑自行车沿着这条新修的公路下乡采访过。那天，虽然是在一个陌生的地方，看到连着固原的路就像走在故乡的土地上。

说起一条连着固原的路，又想起了20世纪60年代初，在固原记者站时所走过的各种各样的路。那时固原地区的交通还很不方便，只有县城之间可通班车，而到公社、生产队去采访，除了公路沿线外，只能骑自行车或步行，而且常常要翻山过沟。采访途中的一些零星记忆，挥之不去，略述一二。

翻山与过沟

场沟是隆德县最南端的一个公社。1963年4月和5月，我两次到那里采访。早饭后从县城出发，步行35公里，太阳落山前就到了公社驻地。在公社采访之后，又到大队、生产队跑了几天，到处是高山和深沟，山麓连着沟畔，沟畔挨着山麓，很难看到排球场那么大的一块平地。我从小生活在黄淮平原，到了这里才知道什么叫作山区。途中，一会儿翻山，一会儿过沟，翻山先上后下，过沟先下后上，同样费力。一天，从孟沟到宋源去，沿着沟底的一股流水走，断断续续，看到几片幼林，鸟声悦耳，分外清幽。这里的沟很特别，两边陡峭，只有仰头才能看到狭长的蓝天。这样走，虽然比翻山过沟要省劲得多，但却有些冒险，如果遇到山洪就麻烦了，还好，这天没有下雨。

山区气候多变，昨天在杏花大队还是满枝杏花，春意盎然，今天到海子大队去的路上，却雪花纷飞，寒气袭人，好像是冬天。迎着西北风走，雪花扑面，叫人睁不开眼。山路本来就很窄，盖上一层雪，鞋底打滑，更加难走且又危险。背上冒汗，眉梢却结了冰。越走越累，越累越渴。同行的张涧抓雪吃，我也抓一把雪送到嘴里，凉凉的，既解渴又提神。

到了大队部，会计向火盆里添了些木柴，我们坐在火盆边烘烤踏湿了的布鞋。过了一会，大队党支部书记来了，就开始采访。之后，要到一个生产队去，雪小了，路上出现了一群群行人，有的挎着篮子，有的还提着小炕桌。他们做什么去呀？

啊，对了，今天是清明节，人们是上坟扫墓去的。“清明时节雨纷纷”，诗人杜牧写的是南方的清明节，眼前却是北国的“清明时节雪纷纷”。

骑车还是推车

骑自行车下乡，从固原到彭阳，翻越过黄峁山；从西吉到田坪，绕不开马搭子梁，可都没有那次从海原到兴仁那么累。

1963年3月，第一次到兴仁去采访，路不熟，恰巧，到县上来开会的两位公社干部要返回，就相约同行。县城至兴仁75公里，要翻三座山梁，过两条深沟。有一座山的坡陡，上坡时多用些劲就是了，下坡时却有些危险，一不小心车子就会冲下去，很容易出事，只好捏紧车闸，慢慢向下放。

公社干部身强力壮，车骑得飞快，出城之初，我还能跟上趟。可他越骑越快，渐渐把我落远了。我们的距离是在平路或坡度较小的路段拉开的。上陡坡时大家都得推着车子走，谁也快不了。

走了半天，看看表，还不到11点，但已感到饿了。赶到蒿川公社，吃了午饭，喝足了水，稍坐一会继续赶路。我一鼓作气，基本上没有掉队。又走了好大一会，太阳偏西了，估计几十公里过去了。问还有多远，回答说25公里。我以为快到了，没想到还这么远呀！这时，我又渐渐掉队了。他们不时回头看看我，也放慢了速度。

太阳将要落山了，终于到了目的地。在公社大门口一下车，腿麻了，几乎站不稳。这里是风沙干旱山区，人畜饮水困难。虽然满脸尘土，也只能舀一杯水，浇湿毛巾，擦一擦。

四五天后，采访完了，稿子也已写好。在返回县城的途中，我到蒿川公社住了下来，采访两天后再上路，就很轻松了。

白云深处

1963年5月，从固原到隆德去采访，又要过六盘山了，特别高兴。这次可要好好看看名山的雄姿。那天，雨后新晴，风和日丽，山坡披上了绿装，其间点缀着十来株盛开的桃花，分外妖艳。一团白云，缓缓浮动，似乎要飘走了，却欲行又止，总是盖着山头，给高峰增添了几分神秘。

这次翻越六盘山可真美气，汽车钻到白云深处来了。在山下看白云缭绕，气象万千；到了跟前，哪有什么白云啊，两米以外就是雾蒙蒙的一片，不见山，不见路，也不见云。汽车响着喇叭，硬挤出一段又窄又短的路来。车一开过去，刚被挤向两边的云雾又涌了过来，迅速合拢，又恢复了原貌。这时，脑子里突然跳出王维的诗句：“白云回望合，青霭入看无。”《终南山》这首诗，我在中学时就读过，虽然知道这是描写山中云雾变幻的，却不明白为什么要用“合”字。从小在平原上看空中的白云，仰头所见，不是静静地贴在苍穹下，就是在天上飘来飘去，好像与“合”字不相干。今天算是长了见识，可不就是“回望合”吗！一个“合”字，真把山间的白云写活了。

多美的诗句呀！多美的山！

最后，以小诗《记者生活小忆》结束此文。

远离京华四十年，塞北江南天地宽。
小雨蒙蒙黄河渡，大雪纷纷六盘山。
瀚海辽阔留足迹，山道崎岖常登攀。
葫芦河边访农舍，南华山间寻羊倌。
今晚投宿工地上，明朝赶路下矿山。
东奔西走勤探索，一丝不苟细谋篇。
夜色深沉无睡意，凝神疾书炕桌前。
总为英雄唱颂歌，也对时弊下针砭。
牢记新闻须真实，深入采访不畏艰。

难忘的往事——黄河遇险

米寿世

米寿世，1933年生于山东省泰安市。宁夏日报社高级记者。曾任政协宁夏回族自治区委员会委员，宁夏文联副主席、宁夏摄影家协会主席、中国新闻摄影学会副会长、宁夏大学兼职教授。被评为全国优秀新闻工作者，享受国务院特殊津贴。出版了3部摄影作品集。

1977年10月25日，我到盐池采访长庆油田第三分部。它当时担负着陕甘宁盆地西部中段的勘探任务，上万名职工艰苦奋战找到了一些储油点，在马岭、吴旗、直罗镇和红井子等地。尽快铺设管道将油输送出去，成为长庆油田的迫切任务。

管道穿越黄河是这项工程的最难点。要将黄河截流铺设管道，工期紧，难度大，花费一两年的时间也不一定完成任务。就在这关键时刻，从管道局传来了好消息，一位年轻的科学家解决了这个难题，设计出了一套完整的方案：在黄河枯水季节，相隔10米打一根无缝钢管，每根钢管装上炸药，连上导火线，在爆破后的一瞬间,迅速将对岸接好的管道用大功率的牵引机拉过来,一会儿黄河水挟带泥沙就将河底管道埋住。

1978年3月,就在向河心打管道桩还剩下3根的时候,长庆三分部的同志约我去石空黄河工地采访。中旬的一天下午5时许,我到达北岸工地。这时,风特别大。参加施工的两个解放军战士开了一艘冲锋舟来接我。船上的几个人穿着救生背心,他们建议我也穿上。当时,我里面穿着毛衣,外面还穿着一件短大衣,无法穿救生背心。上船后,为了安全,我将两公斤重的120玛米亚相机挂在脖子上。当在河心拍最后一根桩时,风大浪急,我站在船头摇晃得很厉害,有两个同志用力抱住我的左右腿,在下游拍了两张之后,光线不太好,我用力喊着,让开船的小战士穿越两桩之间逆流而上。不料,冲锋舟撞到了钢管,船翻了,全船人都落入河中。落水处正是河道中央,水流湍急。我虽然没穿救生背心,但是我会水,心里不慌。冰冷的河水将我冲向下游,这时我感到透心的冰凉,并开始慢慢往下沉。突然,我看到有几条船排成弧形顺流来救我。我想,只要浮到水面就能得救,但试了几次也未成,我才害怕起来,心想这回死定了。河水冲着我继续向下游漂去,不知冲了多远,忽然感到脚下像是踩上了石头,我用了全身的力量猛一蹬,终于身子浮出了水面。两个战士用力将我拉上了皮艇,照相机还挂在我胸前。我虽神智不太清,但知道自己得救了。上岸之后,部队的同志将我拉到一个大帐篷里,把我抱到床上,给我脱掉上衣,拿酒给我擦身。过了一个多小时,我清醒过来,站在周围看护我的除解放军外,还有电视台的记者刘镇岳、范平、大牛及我们报社的魏占山同志。

部队的同志拿来棉衣给我穿上,给我换棉裤时,发现我的两条腿都肿了。大约10时许,有人将掉在黄河里的照相机箱打捞上来。装玛米亚相机的箱子密封性挺好,还没进水。

第二天中午我回到报社,向部领导毛弋同志汇报了这次脱险的情况,建议报社领导下午到出事地点,感谢解放军同志。毛弋同志还代表编委会写了一封感谢信。下午4点,我陪同张源、关君放同志一道坐车,到中宁石空感谢部队的同志。在和部队同志交谈时得知，我被湍急的黄河水冲出约有1500米远，从水下浮上来的一刹那，正好离船30多厘米，战士顺势将我抓住拉了上来。有些记者问我这次最大的感受是什么？我回答：“当死神在向你招手的时候，每个人出于求生的欲望都会做垂死挣扎，别的什么也顾不上去想。这次，我亲身体会了垂死挣扎的本能是怎么回事了。”

与粮有关的两次争论

邹荣顺

邹荣顺，1934年生于浙江省平湖市。1949年11月在上海参加工作。1963年上海复旦大学新闻系毕业，分配到宁夏日报社，从事新闻工作36年。高级记者。主办舆论监督专栏《银湖明镜》近10年。1998年退休。

1978年12月召开的党的十一届三中全会是具有伟大历史意义的会议。从此农业出现了转机，新闻报道也出现了转机。报纸着重报道逐步放宽的农村政策，不再采写催种催收的报道。

在农村实行各种形式生产责任制的过程中出现了包产到户、包干到户或称大包干、责任田这种形式，听说安徽、四川在搞试点，但没有看到公开报道。从1958年开始批判包产到户，说是资本主义，一直批了20多年。我想，对这个问题争论如此之大，一定有它的原因，也许农业的出路就在这里。1980年，我开始寻找包产到户的报道线索。7月初，遇到自治区农办负责人，知道农办在贺兰县通义公社搞包产到户的调查。

可是报道包产到户当时还是“禁区”，虽然农办勉强同意报道，但为了防止抓辫子、打棍子，设置了一道“防线”，就是把“包产到户”换成“责任田”，用“工作研究”形式报道，署名用化名。1980年7月16日在报眼位置刊登了我编发的自治区农办的调查报告《贺兰县通义公社实行“责任田”办法好》。这是《宁夏日报》有史以来第一次报道包产到户。这篇报道在社会上引起极大反响，也在报社编辑部引起争论。从此报纸就开始了包产到户、包干到户，也就是家庭联产承包责任制的报道。在新闻报道的引导和推动下，到1981年底，全区农村都实行了家庭联产承包责任制，比全国农村提前一年完成农村经济体制改革。

农村的这一改革，克服了生产上长期存在的“大呼隆”和分配上吃“大锅饭”的弊病，调动了农民发展生产的积极性，解决了我国社会主义农业长期以来没有解决的根本问题。据史料记载，我国从抗日战争开始缺粮，在半个世纪中一直为吃饭所困。农村改革终于解决了吃饭问题。

粮食一直被称为宝中之宝。缺粮不仅人会挨饿，经济发展受制约，还会使生态遭到严重破坏。南部山区长期执行“以粮为纲”的方针，不断扩大粮食作物种植面积。每年春夏季节只要遇到下雨，报纸就号召抢墒播种。无休止的开荒，又不断撂荒，形成了广种薄收的耕作模式。其后果是破坏了植被，造成水土流失。群众形容那里的自然环境是：山像和尚头，沟里没水流，十年有九旱，吃水贵如油。不但农业产量低下，群众靠救济生活，而且燃料、肥料、饲料、木料奇缺。在山区采访，我亲眼看到群众做饭没柴烧到山坡上铲草根，到公路旁剥树皮。俗话说“人要脸，树要皮”，树没有皮也就枯死了。那年头也号召植树造林，就像群众说的：春天种，秋天拔，冬天熬了罐罐茶。因此，年年种树不见树。

如何改善山区的生态环境，改变贫困面貌，这是许多人关心的问题，也是我采访中关注的问题。1978年夏天，几位来宁夏调查的科学家把我叫去，要我写篇访谈录，宣传他们关于山区大力种树种草的方针。稿件送审没有通过，说山区退耕种树种草，种粮面积少了，吃什么？于是，童大林、鲍彤、石山就在《人民日报》发表文章《关于西北黄土高原的建设方针问题》《改变黄河中游地区落后面貌,大力种草发展畜牧业是关键》,12月5日《宁夏日报》转载。我抓住时机,趁热打铁,积极组织稿件,从1979年1月20日报纸上开辟了《问题讨论:对宁夏南部山区建设方针的意见》的专栏,到4月2日共刊出6期。1979年底自治区党委确定南部山区大力种树种草的方针后,我又编发了4期《贯彻山区建设方针宣传讲话》。20世纪80年代初,西吉县防护林工程建设启动,我作为工作队员到西吉县边工作边报道3个月。至1984年底,西海固地区终于实现"三年停止破坏",迈开了"五年解决温饱"的步伐。

聚焦银川液化气

咸兆瑞

咸兆瑞，1929年生，甘肃省张家川回族自治县人。1948年毕业于甘肃省国立平凉市师范学校。1952年开始从事新闻工作，任天水报社记者。1953年调甘肃日报社任编辑、记者。1959年调宁夏日报社工作，先后担任编辑、记者、各专业部主任、编委。高级记者。1991年退休。

新闻记者是“耍笔杆子”的，是写新闻报道的。新闻记者能否造福一方呢？我的写作实践是：只要你心中时刻惦记着人民大众，新闻报道贴近实际，贴近生活，贴近群众，同样能造福一方。我在新闻报道中，除了围绕党的中心工作，报道工作、生产外，有相当一部分是报道群众生活、为群众分忧解愁的。这里举一个历经5载、采写5篇长篇调查报告，为银川市民解决液化石油气问题的例子。

那是1981年，我担任《宁夏日报》编委兼科教部主任，经常在银川地区采访，听到居民有一种强烈呼声：用煤烧饭取暖又脏又乱又费事，什么时候能用上液化气就好了。我下功夫作了一番调查。当时银川市区有24万人，平均每天为居民运煤的汽车有100辆以上，全市居民堆煤占地10万平方米左右；国家每年运煤要补贴费用110万元，耗用汽油700余吨；银川市区的垃圾60%以上是烧煤中产生的；用煤给城市环境造成极大污染，给人民身体健康带来严重危害。作为一名记者，面对广大居民的疾苦是视而不见、听而不闻，还是奔走呼吁、报道呐喊，要求有关部门解决呢？

我认为，广大民众的疾苦，就是记者的疾苦。呼吁有关领导和部门解决群众的疾苦是记者的神圣职责。于是我写了长篇调查报告《解决银川市液化气问题势在必行》，发表在《宁夏日报》上。

一石激起千层浪，调查报告在大众中引起巨大反响。许多干部、职工、居民和科技人员纷纷给我写信、打电话，或约我交谈。有的在信上写着：“解决气化问题是全市几十万居民的心愿。你为群众办了一件大好事！”中国银行银川分行等单位给我来信表示，愿为解决气化问题筹集资金。建设银行宁夏分行的领导人约我当面谈，并向自治区政府提出了给予贷款支持的建议。自治区电力局74岁的总工程师杨德俊几次找我商谈利用气化原料等问题。区市两级机关的许多干部、工人向我表示，如需集资，他们甘愿出力。当时的自治区副主席李恽和看了报道后，指示自治区计委、自治区经委、银行等单位进行研究。自治区、市领导和有关部门看了调查报告后还专程到长庆油田考察，研究可行性方案。为了得到第一手材料，我也去100多公里之外的长庆油田马家滩炼油厂进行考察和采访。经过几个月的调查采访，我又写了《这是一个好苗头——再谈银川市的气化问题》，刊登在1982年10月5日的《宁夏日报》上。

此后，我一直没有放松过收集、积累这方面的资料，并一直不停地走访自治区、银川市的领导及有关人士，并经常向他们提供一些群众的反映、意见和要求，谈一些我个人的看法和解决问题的建议等等。1983年，我采写了调查报告《很有希望——三谈银川市的气化问题》，刊登在11月13日的《宁夏日报》上。1984年我写了《石油液化气有指望了——四谈银川市的气化问题》，刊登在8月

10日的《宁夏日报》上。直到1986年，液化气问题终于得到了解决。10月12日我采写了《银川市居民用上了液化气》的消息和通讯，发表在《宁夏日报》头版头条，群众看了无不欢欣鼓舞。用上液化气的干部、居民纷纷给我写信、打电话，深表感谢。有的给我信上写着："你真是一个好记者。"

我花了5年心血，促成了银川市广大居民用上了液化气，使居民深感方便，银川市的环境面貌有了根本改变。1991年下半年，《中国新闻出版报》的朋友给我寄来一封热情洋溢的信，让我写一篇这个系列报道的经验介绍稿，我就写了《乐此不疲历经五载——银川气化系列报道采访记》，刊登在1992年1月30日的《中国新闻出版报》上。

《银湖明镜》开办前后

曹　林

曹林，1930年2月出生，山西省阳高县人。1949年从华北大学分配到宁夏日报社，历任干事、记者、编辑。1954年宁夏省建制撤销，留《银川报》任组长、秘书。1957年被错划为"右派"，送农场劳动，1979年平反改正并重返宁夏日报社，任编辑、记者、科长。

《银湖明镜》(以下简称《明镜》)这个专栏，在读者中很有影响。我为这个很有影响的专栏做过开头108期的编辑。现在虽然"改行"了，但是想起做《明镜》编辑那一段所经历的事情，至今仍历历在目，让人难忘。

一

《明镜》专栏在1980年6月20日出台之后，办公室的电话连天不断，一会铃响了："我找《明镜》，这里发生了事情，请来一下……"不一阵，电话铃又响了："《明镜》吗？他们这样干，群众有意见，请来看一下……"有的人遇到不平的事，拉上对方，说："咱们找《明镜》说说……"也有的人看到不公平的事，就说："给《明镜》写信，让他照照镜子。"

1980年8月19日早九点半，南关胜利街的群众来电话："您是《明镜》吗？""你来呀！群众没菜吃，菜店把好菜卖给外地啦，请给评评理！”我提上相机，急忙跑去，果然不错，一辆银北地区的汽车，装了黄瓜、茄子、西红柿等细菜，正要开车，我赶拍了一个车尾，把车号拍下了。群众正在排队买菜，和售货员嚷嚷。我一打听，事实没有出入，售货员说：“上级同意的。”我又把大堆茭瓜和群众买菜场面拍下来，在第二天的《明镜》专栏发表。有照片，有文字，受到群众欢迎，对蔬菜部门震动很大。还有些餐厅服务态度不好，读者拿上馊馒头，捧上有苍蝇的啤酒碗，端上有浑气味的肉菜盘，来找《明镜》评理。《明镜》的几位编辑感受到群众的信任和鼓舞，工作劲头更高，反映问题的面更宽，从家庭琐事、公共事业、道德风尚、文明礼貌到党风、经济建设、干部作风等，无所不有，它在“两个文明”建设中所起的作用，也就不言而喻了。

二

1980年初，报社经过调整，杨伟心、李佐虎和我三人，在群工部副主任施夔琦的领导下编群众来信。8月，杨志一同志也参加编来信，更增加了这部分工作的力量。

对于来信中，时效性不太强的稿子，刊发周期可长可短；可是有很多来信，看来是小事，群众却非常关心，需要急于处理，但又一时不能见报，时间稍长，往往就失去了时效。对这类来信，怎样处理？如何发挥它的舆论作用？我们都在思考着。我们翻阅了很多兄弟省报，发现如《北京晚报》的《古城纵横》、《羊城晚报》的《越秀山下》等新型专栏，它们的特点是内容广泛，文字精练，抨击性强，很有战斗力。于是，我们酝酿讨论，想把这枝“红花”移植过来。我们提出《塞上银湖》《塞上明镜》《沙坡钟声》《六盘山下》等10多条栏名，一面上报编委会审批，一面在大厅里贴出“通告”，广泛征集栏目名称。

学人家的，也有不同看法。有人担心稿源不足，有人担心提了问题不好处理，也有人说几句风凉话。但是，多数同志关心、支持，提议把《塞上银湖》和《塞上明镜》两个栏目名的后一词合起来，叫“银湖明镜”。银湖，意示自治区首府之特征;明镜,则有经常照照镜子,开展批评与自我批评之意。很快,专栏被编委会批准,每周出两期,每期1000~1500字,发到一版。真叫人高兴!

这里应该特别提出的,是正当我们研究酝酿这一专栏时,有很多读者来信要求办这样的专栏。他们将专栏的名称、稿件形式、版面安排、对仗标题等设想写信告诉我们。真巧,编辑和读者的心思不谋而合。所以也可以这样说:《明镜》是内外结合的产物。我们编排《明镜》的前三期,基本上是按照读者的意愿和来稿编写的。1980年6月20日,第一期《明镜》一问世,不但受到广大读者的欢迎,报社内部同仁也赞不绝口。作为《明镜》的编辑,听到这些赞扬声,心里当然是甜丝丝的。像我这样长期种地的农民弟兄,能够再为报纸出力,还能受到这种赞扬,更是终生难忘。

三

我做编辑有这样的体会:长稿易改,短稿难编。特别是要编出文字新、事实准、内涵深、人爱看的稿子,就更难了。每期《明镜》给1000来字的"地盘",要求发6~10篇稿,每篇多少字?最多不能超200字吧!1980年7月27日的《明镜》,加标题有2000多字的"地盘",发了12篇稿子。最长的稿子140字。真是"赶着鸭子上架"哩!但是,鸭子逼紧了,也能上架。怎样上呢?靠集体。我们五个人,有时为百十来字的稿子反复推敲,集体研究定稿。老施和杨伟心同志是老报人,搞文字时间长,他们二人多动了脑筋。

《明镜》要有甜味,但更多的是辣味。要辣,单凭文字不行,还要有照片、有插图、有漫画,综合上,才能使得《明镜》更加活跃。实际上,照片、插图和漫画,确实起到了锦上添花的作用。

报人们常把标题比作文章的"眼睛",而《明镜》专栏的标题,应在"眼睛"前面加"明亮"二字。让人一看,炯炯有神,马上能提起精神来。小稿标小题,看题必读文。但有的小稿可不标题,划个"▲"号。比较重要的是栏目的上下标题。例如1980年6月20日第一期《明镜》:

上题:群众“选点购粮”办法好,应推广

下题:取照片发生三次差错,真够呛

这一对标题,上题是表扬,下题是批评,字数一样,能对上。虽然韵律不齐,群众爱看。

又如1981年7月16日的《明镜》标题

上题:小蜜蜂“遭灾”,怪谁?

下题:白鲢鱼“遇难”,何忍?

像这种对仗整齐、韵律严格的标题,群众是十分欢迎的。

再如1980年10月19日的《明镜》标题:

上题:李森掉进激流险些丧命

军医冒险救人　大家敬佩

下题:一户挡道不搬　公路让路

无理强要钱物　难了众人

这又是一种形式,我们给它起个名字,叫“十字双排”。这种题标的面宽,揭示的内容广,别有风趣,酸甜苦辣什么都有。

以上所举例子,不一定是108期《明镜》中最好的标题,但它比较有代表性。它的标准要求,一是在技术上讲点对仗与韵律;二是要把内容的精髓,标得明亮清晰,一针见血,让人一看,就能够把公与私、个人与集体、好与坏、美与丑、高尚与卑劣等是非明辨。看题必读其文,从中受到启迪和教益。

任何标题的出台,首先来自稿件的内容。但每期要标出特色,确要花很大的力量,动不少脑筋。说实在话,我是种地的,粗活能干,标题属于细活,多数由伟心、老施和志一同志标的,我是偶有一得,标出一半句好题,不足挂齿。

四

《明镜》专栏问世之后,编辑工作上会遇到批评与表扬所占比例的问题。常有领导指示:“这一期批评多啦,应以表扬为主。”“不要把问题集中起来,否定成绩。"而读者要求,不论批评与表扬,都要是非分明,甘苦够味。我们几个编辑持同一个态度:上下左右的意见都要听,都要想,有分析地采纳有益意见,不断改进,提高编辑工作,把《明镜》办好。久之,我们体会到,读者的要求比较合乎实际。《明镜》专栏是通过凡人小事,传递思想信息、反映社会风尚的,既要批评坏的,说问题,又要表扬好的,论成绩。但有一条纪律,必须寓好坏于事实之中,不能说教。编辑改稿子、标标题,都从事实出发,让读者评论去。

比较伤脑筋的是批评稿,或者是提出问题、涉及一些人的稿子。往往为100字的小稿从看稿、核实到改定,要花一两天时间,还要动大脑筋,否则,就要惹出祸来的。我经历过这种教训:

1980年11月23日《明镜》发了一篇文章《福利费不能按人分配》,是批评灵武县二小把福利费按人平均分了,没困难的人有一份,当然好;但困难户依然困难。小稿不过150字。灵武二小领导人一看之后,火冒三丈,领着五六位"得利"的老师,来银川找自治区党委、找政府,硬说报纸批评不对,反对提高老师的待遇和地位,在报社大闹两个下午,吵得全楼不能安静地工作。我们根据政策规定,坚持福利费不能平均使用,一定要按政策,困难多的多补助,困难少的少补助,没困难的不补助的原则办事。但这篇稿子我们把校名和作者姓名搞错了,是我的责任,我们承认了错误。最后,他们也承认"主要事实没错",只好收场。

风雪攀贺兰

李乃扬

李乃扬，生于1937年11月。1962年毕业于复旦大学新闻系，在宁夏日报社工作近40年，曾任文艺部副主任。

2003年，去陕西太白山旅游，坐着价值上百万元的高级大轿车，奔驰在高速公路上，不到一日就到达了千里之遥的目的地。这不禁使我想起了40年前的贺兰山高山气象站的采访经历：

那是一个天寒地冻的数九天，刚过了阳历年，部主任关君放就给我布置了采访高山气象站的任务。那时，我参加工作还不到一年，只有一身不太厚的棉衣棉裤。周圆看我装备不行，就领我到王鸿庆家借了一件老羊皮袄。有了行装就可以出发了。

上山有两条路可走。一是从东面苏峪口上去，尽管从高山站往下看，苏峪口磷肥厂的房子历历可数，但山势十分险峻，攀登非常困难。一般都是走西边这条道——先到阿拉善左旗，再骑牲口或步行上山。

20世纪60年代初，银川到左旗的公路很糟，也没有正儿八经的班车。我搭了一辆蒙着篷布的"解放牌"卡车，车上放了几排长板凳，乘客面对面坐着，腿夹腿，坐下后就别想再动弹。我在早晨八九点钟上车，一路上寒风灌脖，颠簸不止，双腿麻木，浑身酸痛。车经三关口，直到下午三四点才到达阿拉善左旗。当晚我就在左旗气象站住下，准备第二天步行上山。据说，还有30公里山路。虽说贺兰山西坡比较平缓，但也要过几道较大的山沟，一上一下并不省劲，何况路程较远。陪我同行的是贺兰山高山站的气象员刘良伦，他20岁出头，一口四川口音，还挑着几十斤重的铺盖卷和生活必需品。

第二天，左旗气象站帮着雇了两头毛驴，让我们骑着上山。毛驴背上就搭了一条破旧的棉毛毯子，上坡还好，两腿夹得紧紧的就行；一到下坡就难以控制了，弄不好就会栽下来。只见刘良伦把两个小腿交叉搁到驴脖子上，那样下山前倾时就有支持点，但重心提高了，左右摆动，无法稳定，尤其是下坡的路往往一面紧靠山崖，一面就是深沟，我只好下来牵着驴走。一天下来只走了十几公里路，当晚就在一位蒙古族牧民家住下。

第三天，因为山路难行，毛驴也骑不成了，只好改为步行，我们喝了奶茶、吃了炒米（小米），一大早就上路了。刘良伦见我走得匆匆，多次劝我走慢一些。他说："天气寒冷，穿得厚重，要尽量避免出汗，不然就难以持久。"这时，天上开始飘起雪花，我看他挑着几十斤重的东西步伐稳健，便也减缓了脚步。走了不到5公里路，我身上已开始冒汗，哈出来的热气，在借来的狗皮帽子沿上已结下了一层霜花。翻了一道大山沟后，山势更高陡了，我的汗水已湿透了内衣，帽檐上的霜花结得更厚了，连眉毛上也是白霜，就像圣诞老人似的。雪也下得更紧，四周阴沉沉、白茫茫的一片。远处的山峰，也隐没在雪花之中。我们途中休息了几次，但是冻得人不敢久停，天也渐渐暗了下来。到达贺兰山高山气象站的孤峰下时，只见左边一道悬崖绝壁，大雪中也看不清有多长多高，也分不清哪是山哪是天，满山白雪覆盖，已找不见上山的路，迎面的风雪压得人气也喘不过来，打在脸上刺疼刺疼，可是刘良伦挑着担子一点也不后退。我们转到风力较小的南坡盘道而上，其实这时根本就没有什么道了，只要能往上走，就一步一个深坑地踏雪而上。南坡坡度有七八十度，但因背风，反而比较容易攀登。我们好像进入了一个避风港，风从头顶和耳旁呼啸而过，淹过了我们呼哧呼哧的喘气声。刘良伦望了望满天旋飞的雪花说："这风恐怕超过12级了，风速每秒超过40米。"我一抬头，谁知一脚踏空栽进了一个雪坑，往下连滚几下，幸亏临悬崖的一面有一块突出的大岩石挡着，才止住了下滚的势头。天放晴后，我转到南面陡坡观察，趴在这块巨石上下望，好家伙，真是惊心动魄，下临万丈深谷，正好有一群青羊在活动，往下看还没有蚂蚁大。上得山头，总算在东南角背风处找到了高山站的三间小屋。这里已达海拔2900多米。这时，我发现汗湿的衣领已结成了一圈冰。刘良伦说，当时气温大约零下30℃。

高山站负责人陈力是30岁左右的年轻共产党员，他极尽所有地招待了我。谁知，我当晚就发起高烧，睡了整整一天两夜。山上寒冷，我把所有的衣服都压在被子上，那件老羊皮袄连铺带盖，几乎没有离身，毛都卷成毡了。好在那时我年轻体壮，第三天就熬了过来，并继续进行采访活动。

山上的条件当然很艰苦且十分简陋，取暖靠北京铁炉。他们俩是南方人，摆弄火炉的技术总是差一些，动不动就得重新点火生炉子，尽管松木劈柴有的是，但烟熏火燎的，真叫人受不了。几天下来，我也成了黑包公。再说饮用水吧，先得化雪取水，满满尖尖的一锅雪，化了只剩下小半锅，锅底还澄下黑黑一层尘灰。夏天，就全仗水窖里的水，那是平时积下的雨水和雪水。最短缺的是蔬菜，除了土豆还是土豆。冬天还能贮备一部分白菜、青萝卜。我在山上住了有七八天。

一天上午，我正在整理采访笔记，陈力兴冲冲地进来唤我：快去看，出现了峨眉宝光！我出去一看，东方果然有一个圆圆的巨大的五色光环出现在空中，中间隐约还有人影，原来就是陈力和我反映上去的影子。这种景观，在四川峨眉山舍身崖上才有，所以叫"峨眉宝光"，迷信的人还以为是佛祖来渡你出世。真是令人惊叹不已！其实，这是山上云雾浓重时，阳光折射产生的现象，但是人影怎么会像皮影戏似的反照上去，我一直没有弄明白。贺兰山上出现云雾的时候不多，所以很难遇到这种奇观。

贺兰山高山站所在是一座孤峰，东西两面的视野都很宽阔，东临银川平原，天气晴朗时远处黄河也历历在目，西面则是一望无际的戈壁滩和沙漠，古诗中"大漠孤烟直，长河落日圆"的意境全都有了。至于孤峰北面隔着一道深沟，则是壁立千丈、绵延数十里的山岩绝岭，什么马蹄坡、沙锅洲等高山险峰都在上面，但不知道哪个是海拔3500多米的达呼洛老峰，那才是贺兰山的最高峰。

这次采访虽然历尽艰险，但稿子写出来却不令人满意。我一心想找他们工作上的突出成绩，偏偏忽略了他们在艰苦环境中的那种精神。蔡资奋老师(已故)在当年夏天二上高山站才把稿子写成，上报已是1963年10月份，距今已40多个年头了。对我来说，这是一次失败的采访。

而今，我写这篇文章，也算是对蔡老的感激和思念吧！他以他的诚恳和勤奋给我留下了永久的纪念和榜样。我为当时自己的肤浅和自以为是感到羞愧和遗憾。

美丽的谎言

赵　军

赵军，1949年生，内蒙古包头市人。中国新闻学院毕业。1979年5月调至宁夏日报社，先后担任校对员、新闻干事、检查员、编辑、记者工作。其间有多篇作品获奖，多次被评为报社先进工作者。2004年退休。

撒谎是不文明的。然而，有的时候真的是迫不得已。那是2000年9月18日的凌晨3点半左右，宁夏日报社总编室夜班人员已全部下班。作为检查员，我仍不放心自己看过的一版付印大样，便留了下来，把一版头条新闻《宁夏农垦创建五十周年庆典隆重举行，毛如柏、马启智前往现场祝贺》从头至尾再看了一遍。突然出席庆典的一位领导人的名字——“黄超群”——映入眼帘。在我的记忆里，自治区领导有“二雄”：师梦雄和黄超雄。这里怎么是“黄超群”？便赶紧查原稿，清清楚楚写的“黄超群”，我立刻给采访记者打电话，对方说就是黄超群，并说：“错了由我负责。”我心想：等差错见了报，谁也负不了这个责任。便赶紧给签发稿件的部主任打电话。他说不会有错的，便放下了电话。到底是“群”还是“雄”？我想给值班的总编辑邓万打电话确认一下，可是已经来不及了！一想到报纸可能都印完了，我吓得浑身发抖，两手冰凉，便飞奔向印报车间。由于跑得太猛，下台阶的时候重重地跌了一跤，膝盖磕在水泥地上钻心痛，感觉是破了，但我全然不顾，爬起来疯了似的往前跑去。

一进车间便大声喊：“停车！快停车！”负责印报的师傅看我气喘吁吁、焦急万分的样子，吓了一跳，忙问：“出了啥事？是谁的指令让停车？”我愣了一下，然后脱口而出：“是邓万的指令。一个领导人的名字错了，必须停车！”当我看到那个师傅按了一下电钮，轮转机缓缓地停下来，才长长地舒了一口气，满头满脸都是冷汗。这时已经印了2000多份了，轮转机师傅说：“快叫负责胶片的师傅来改字，如果不按时印完我们还要挨罚呢！”我忙问：“管胶片的师傅在哪里？”回答说：“他们已经下班了，现正在小吃一条街的仙鹤楼吃饭！”于是我又向他们吃夜餐的地方狂奔。当时那个情景、那种紧张，就跟在战场上打仗一样。一进门我就喊那个师傅的名字，生怕他吃完饭走掉。直到管胶片师傅在楼上答复“马上就到”，我才松了一口气。接着又往轮转机车间跑去。没想到轮转机已经启动，我忙问是怎么回事？原来为了争取时间，他们把“群”字刮掉，在其他胶片上找了一个“雄”字剪下来粘上，解决了这一问题。这下我放心了。

可是回到家以后，怎么也睡不着觉：轮转机的震动那么大，“雄”字被震掉了怎么办？又担心自己撒了谎让邓总编知道了怎么办？就这样一直担惊受怕到天亮，最后决定到办公室给邓总编打电话(那时我家还没装电话)。早上8点多，我拨通了电话，说：“邓总编，为了改一个‘群’字，我打着您的旗号让轮转机停车，堵住了一个见报差错。邓总编，我撒了谎，对不起！”邓总编问：“你是谁?”我说：“我是检查员赵军。”他没有言语便放下了电话。这时我的心又悬了起来，难道那个“雄”字真的被震掉了吗？下楼的时候，我不敢乘电梯，而是拐到边上的步行楼梯，迈着沉重的脚步走下来。到了一楼大厅，看到评报栏上贴着两张当天的报纸，上面用粗红的大字赫然写道：这是怎么回事？为什么同一张报纸上，这边是“群”？那边是“雄”？我赶紧到收发室一问究竟。原来为了不造成浪费，已经印出来的2000多份发给了本社职工，改过来的几万份已经运走。我心头的这块石头终于落了地。

晚上上班的时候，听别人说，编前会上邓总编表扬了我，批评了签发稿件的负责人。这时办公室里有两种意见：一种说我真行，竟敢打着邓总编的旗号让轮转机停车；另一种说我多事，我们的职责是对原稿负责，自己何苦那么逞能去改？我什么也没说，心想，在这种情况下，应该以大局为重！

多年过去，这件事仍然令我记忆犹新，因为一看到膝盖上的伤疤就想起来了。另外，为了改正一个见报差错，我撒了一个谎，但这是一个美丽的谎言。

始终保持奋斗的姿态

陈凤兰

陈凤兰，1952年生，中央党校本科学历，宁夏日报报业集团高级记者。先后任记者部、经济新闻部、时政新闻部记者，现代生活报社副总编辑。荣获“全区十佳记者”“全国城镇妇女巾帼建功标兵”“区直机关优秀共产党员”称号。2007年退休，现任宁夏老新闻工作者协会会长。

已到晚年的我，对《宁夏日报》有着深深的眷恋和难以割舍的情怀。

记得20世纪90年代初，我刚从企业报调入宁夏日报社时，《宁夏日报》还是对开四版，整个报社编采部门挤在一座三层小楼里。可就是这样，新闻前辈们都说比创刊时在几间平房办公不知好了多少倍。

那时候我们出去采访，路远就挤公交车，近处就骑自行车。当时我在石嘴山市记者站驻站，1993年冬天我到被称为宁夏“北极村”的石嘴山市水泥厂采访，坐上了从大武口开往水泥厂的班车，那时班车车次少、车况差，有一次车上非常拥挤，把我死死挤在玻璃破了一条大宽缝的车门处，站了一个多小时才到，我几乎被冻僵了，从此右肩和右边胯部就落下风寒，成了我永远的痛。但是比起新闻前辈们五六十年代在南部山区采访时，手持打狗棍，“远看像是讨饭的，近看像是个干部”的状况又不知强了多少倍。而我在石嘴山市水泥厂采访的消息登上了《宁夏日报》头版头条，采写的通讯登上了《宁夏日报》二版头条，相比这些采访路上受些风寒又算得了什么。

正是《宁夏日报》这个平台，让我不断成长进步，老报人那种无论条件环境多么艰苦都要为党和人民办好报纸的光荣传统和敬业精神深深感染着我、激励着我，使我从不敢懈怠，一直奔忙在采访的路上。后来我从石嘴山市记者站调回报社在经济部当记者，1999年又调到时政新闻部，成为自治区领导的随访记者。是《宁夏日报》成就了我的事业。

后来，宁夏日报社不断发展壮大，成立了报业集团，而我也被提拔为系列报的副总编辑。

作为媒体人，我们记录着历史，也逐渐成为了历史。

《宁夏日报》创刊70年，历经从“铅与火”到“光与电”的变迁，顺应新时代全媒体改革发展潮流，积极推进“数与网”的传媒变革。从带着油墨香的纸质报，到建成网站，有了手机报、电子报，再到移动互联网时代的手机App、微博微信，《宁夏日报》从一张对开四版的报纸，实现了报网端微全媒体传播的时代演进。

我虽然退休了，却时时关注着宁报集团的发展。常听年轻记者说，这年头，记者着实难当。一次采访要写多种版本的稿件；文字记者转型升级，放下采访本还要拿起话筒敢于直面镜头；摄影记者转型升级，放下相机还要玩得转无人机。真是笔墨随着时代走，镜头围着百姓转。听着这些陌生又令我们咂舌的全媒体改革现状，我甚至庆幸自己退休了，要是让我当个全媒体记者，肯定干不好。所以，我们对传统媒体向全媒体变革产生了无限敬畏，对全媒体记者非常钦佩并充满信心。这是对传统媒体的挑战，只有不断直面挑战、迎接挑战，怀揣希望、脚踏实地，始终保持奋斗的姿态，宁夏日报报业集团这艘新闻航船才能乘风破浪、勇往直前。

假如把全媒体改革比喻为新时代一只腾飞的雄鹰，那么我们退休老同志愿作雄鹰翅膀下的风，鼓劲加油、出力献策，守一方平安，用情用心助力宁夏日报报业集团全媒体改革与发展。

我怎么画起漫画来

何富成

何富成，1962年生，宁夏固原人。中国美术家协会会员，宁夏美术家协会理事，宁夏美协漫画动漫艺术委员会主任，宁夏日报报业集团高级编辑。近40年来在国内100余家报刊发表漫画、插图、连环画、国画作品5000余幅，其漫画作品在10多个国家展出，在国内外获各类重要绘画奖项50余次。

许多读者评价我的漫画，说作品散发着乡土气息和泥土味，我听了心里自然高兴，因为这与我的出身相关联。

20世纪60年代初我出生在西海固一个贫困的农民家庭，自记事起，家里就缺吃的东西，经常吃了上顿没下顿，饿得不行就生啃嫩玉米棒、吃绿杏子。烙在整个童年、少年记忆深处的只有两个字：饥饿。天那么冷，我也没有穿袜子，脚被严寒割开了无数条小口，但我仍站在雪地里用棍子在地上画画。没有纸，雪地便是我最大最好的纸，想画啥就画啥，想画多大就画多大，真痛快！我们姊妹兄弟9人，有6人从小就爱描爱画，但贫穷的生活扼杀了哥哥姐姐的那点天分。

至今，坚持下来的就我一个。我那么爱画画，父亲也没有因为有这样一个爱画画的儿子而专门给我买一张白纸、一支画笔或一盒颜料，不是不想买，而是没有钱，肚子都吃不饱，哪里有钱买这些奢侈的东西！

从小学到高中，我一直是办墙报和黑板报的"总编"。那时运动多，学校也要跟形势，我充分发挥了自己的长处，同时也锻炼了我的笔力，为我日后走上新闻岗位打下了基础。高中毕业后，为了实现自己画画的理想，连续6年报考美术院校，一直考到年龄不允许了才罢休。由于种种原因，阴差阳错，上美术院校的美梦破灭了。在山沟放牛、种地的日子里，失意侵袭着我，但失败并没有击败我，一颗追求美好人生的心在支撑着我默默地寻求着自己的道路。

那是20世纪80年代初，报刊上的漫画开始多了起来，乡文化站成了我农闲时常去的地方，因为那里订有好几种报刊。看得多了，觉得这种叫"漫画"的画自己也能画，便试着画起来。1985年8月26日，是一个令我难忘的日子，在那天的《宁夏日报》《小蜜蜂》专栏上，我的第一幅漫画《儿童时代》发表。那时，我在固原县印刷厂当临时工，看到我的漫画发表，整个厂里轰动了，都说印刷厂出了个人才。我也高兴得一塌糊涂，当天夜里一晚上没睡着觉，手里拿着那张《宁夏日报》，怎么也不敢相信自己——一个穷山沟里的农民的儿子，画的画也能登到报纸上！一晃34年过去了，我的漫画从固原走向银川，从银川走向全国，并从中国走向世界……我也从一个放牛娃成长为具有高级职称的新闻工作者。

华君武先生生前曾一再对漫画作者谈到要多读书，加强各方面的修养，当个杂家，也谈到了爱国。一提爱国，似乎概念太大，在漫画创作中难以具体体现，我的理解是，爱家乡、爱人民就是爱国的一种表现。我的家乡西海固贫穷落后，但我的父老乡亲却顽强地生活在这片苦土上，谱写着可歌可泣的生命之曲，我深深地爱着这片生我养我的热土，爱着我苦命的父老乡亲、兄弟姐妹，我的心灵始终与他们相通，与他们同喜同悲同哀同乐。20世纪90年代我曾在《人民日报》等全国上百家报刊发表过许多反映家乡人民生活的组画。在创作这些画时，只觉得自己被一股巨大的感情包围着、冲击着、支配着，甚至有些漫画是我含着泪完成的。现在回头看，正是这些漫画打动了读者和我自己。所以，作为漫画作者，具备了各方面的知识修养和艺术修养还不够，还应该有一颗始终热爱和关切最底层劳动人民的心。

我从西海固走来，我从穷山沟走来，我从社会的最底层走来，尽管我今天穿着时髦的衣服，坐在老板椅上，手握着鼠标——一副现代派的样子，但我身上依然散发着浓浓的乡土气息和泥土味，这气味透露出农民的诚实、纯朴和顽强，正因为如此，我的漫画中满含着生活，满含着西海固人民的喜怒哀乐，满含着西海固人民可歌可泣的顽强精神，满含着西海固人民的生存史……其实，西海固人民的顽强就是整个中国人民的顽强和忍辱负重的缩影。我能用画笔讴歌西海固父老乡亲，用画笔为父老乡亲代言，我觉得我是最幸福的人。

本报记者——我一生的荣光

王　健

王健，宁夏日报报业集团编委、专家委员会委员，《看天下》杂志主编，高级记者。历任宁夏日报《时代聚焦》常务副主编、摄影部副主任、总编室副主任、摄影部主任，华兴时报社总编辑、宁夏日报报业集团报业发展研究部主任等职。2016年获长江韬奋奖，2018年享受自治区特殊津贴，同年获自治区"塞上文化名家"称号。

我到宁夏日报社工作还不到20年，但她却给了我太多的荣誉。在宁夏日报社这个大家庭里，我是一个"年轻"的新闻老兵。说年轻是因为自己的人生坐标一经落在"本报记者"这个维度上，便永远有了青春飞扬的样子；说自己是一个新闻老兵，是因为我38岁才成为"本报记者"。记得那是2000年1月1日，《宁夏日报》摄影周刊《时代聚焦》头版通栏刊登大幅新闻照片"世纪婴儿"。照片下方有一行黑体小字："本报记者王健摄。"这是我的名字第一次被冠以"本报记者"在党报上出现。从此，已近不惑之年的我开始了为捍卫"本报记者"荣誉的摸爬滚打。

就在这一年,《宁夏日报》记者李军的通讯《莫引污染企业“走西口”》获得当年度中国新闻奖二等奖。李军的获奖,给了我这个刚入行的新闻老兵极大的震撼,在常被外人称为“甘肃宁夏”的小地方,也能登上中国新闻事业的“喜马拉雅山”。我暗自定了个小目标:5年之内也得个中国新闻奖。

榜样的力量是无穷的。2003年,我主动请缨到贫瘠甲天下的西海固驻站。其间,跑遍了西海固的沟梁山峁,采写、拍摄了大量反映基层变化的新闻稿件,一年见报219篇,成为报社当年的发稿冠军。其中,9篇刊发在《宁夏日报》头版头条。

2003年,宁夏在全国率先封山禁牧恢复生态,世世代代被赶着上山的羊不适应圈养,加上饲草严重短缺,禁牧出现了严重反弹。封山禁牧会不会半途而废?农民的利益怎样维护?带着这些思考,我到农民家采访,半夜上山追踪“上夜班的羊”。通过一个月的跟踪采访,写成了通讯《固原羊只上“夜班”》。指出农民赶着羊“上夜班”情非得已,呼吁有关部门应尽快拿出对策。在当年“非典”疫情防控内容的作品成为获奖焦点的情况下,这篇稿件获中国新闻奖三等奖。

在那以后好长一段时间,时任自治区党委书记陈建国下乡调研,总要关切地询问当地干部,你们这儿有没有“上夜班的羊”?

在中国新闻界有一座“珠穆朗玛峰”,那就是长江韬奋奖。2007年,时任宁夏日报报业集团党委委员、总编辑助理马文锋获第八届长江韬奋奖,实现了宁夏新闻人长江韬奋奖零的突破。在祝贺文锋同志获奖的同时,我和时任《宁夏日报》经济部主任的苏保伟各自定下了10年内获长江韬奋奖的奋斗目标。

5年后的2012年,苏保伟实现了自己的梦想,获第十二届长江韬奋奖。9年后的2016年11月7日,我以第十四届长江韬奋奖获得者的身份,在北京人民大会堂受到习近平总书记亲切接见,当面聆听了总书记的谆谆教诲:坚持正确政治方向,做政治坚定的新闻工作者;坚持正确舆论导向,做引领时代的新闻工作者;坚持正确新闻志向,做业务精湛的新闻工作者;坚持正确工作取向,做作风优良的新闻工作者。

总书记的教导为我们开启了指路明灯：要做党和人民信赖的新闻工作者。

今天的宁报集团正处在媒体融合发展、整体转型的关键时期。互联网将我们带入了一个信息碎片化、传播碎片化、阅读碎片化的时代，传统媒体式微到似乎已经无用武之地。但我们只要牢记人类社会文明进步最基础的逻辑——能源和信息，我们就能找回职业的自信。全媒体时代，依靠互联网思维把各种碎片化的知识用正确的、新奇的角度和逻辑串联起来，再还原到时代的背景中，定会让人脑洞大开。因为我们从事的是一个灵魂唤醒另一个灵魂的崇高工作。

每一个新闻人都在用人生书写自己的新闻史话。在我的新闻年轮上，近20年的从业经历刻下了浓淡不一、深浅各异的新闻履痕。不论宁夏日报社总编室副主任、摄影部主任，《华兴时报》总编辑，还是报业发展研究部主任，我最喜欢的始终是“本报记者”这个身份。衷心感谢各级党组织对我的培养，感谢宁夏日报报业集团为我提供了施展的平台，在今后的工作中我将以“做党和人民信赖的新闻工作者”为目标，永远捍卫“本报记者”这个闪闪发光的称号。

发现别人看不到的精彩

王　猛

王猛，现任宁夏日报报业集团全媒体视觉频道总监，中国摄影家协会会员、宁夏摄影家协会副主席。100多幅作品获全国及全区各类摄影大赛金、银、铜奖。2001年获宁夏回族自治区优秀新闻工作者称号，2002年获宁夏回族自治区“十佳记者”称号，2003年获宁夏首届名记者称号，2005年荣获自治区“德艺双馨”文艺家称号，2008年荣获全国抗震救灾优秀摄影家称号，先后出版摄影专著《零距离》《超越与俘获》《追鸟记》《那一天有我》。

2019年10月6日，我再一次走进宁夏阅海养老中心，3年前来此采访的那一刻，犹如昨天一样清晰——陈茹菊带着病重的儿了王越从内蒙古巴彦淖尔来银川治疗，在银川人的热情帮助下，重拾生活信心。3年后的今天，在暖阳的照耀下，王越坐着轮椅在花园中享受午后的悠闲时光。虽然人比3年前消瘦了许多，但在陈茹菊精心照料和原单位的关心下，王越生活得平稳而满足。看着洗印出来的照片和厚厚的一本《那一天有我》,陈茹菊激动地说:"在宁夏我们得到了太多无私的帮助,宁夏就是我们母子的第二故乡。"

247个普通人物、247个点滴故事、365天的持续报道、8名摄影记者的辛勤努力。2016年在《宁夏日报》历时一年开设的从凡人小事映射社会变迁的《那一天有我》栏目,最后汇聚成了一本476页的《那一天有我》。这成为宁夏日报社原摄影部2016年全年新闻采访工作中闪光的一页,该栏目荣获当年宁夏新闻奖好栏目奖。而陈茹菊母子就是其中的一个"我"。

生活中总有许多平凡小事让人感动,许多看似平凡的人,往往有着不平凡的、给人以启迪的人生经历。记录好他们的故事、讲述好他们的故事、传播好他们的故事,是我们的职责,也是我们的义务,更是党报新闻工作者践行"四力"的必然要求。

习近平总书记说:"讲故事就是讲事实、讲形象、讲情感、讲道理。讲事实才能说服人,讲形象才能打动人,讲故事才能感染人,讲道理才能影响人。"这句话成为指导我们采写《那一天有我》系列报道的指导思想。

讲故事要靠脚力,有了扎实脚力才能寻找到有说服力的题材。茫茫人海,选取有新闻价值的人物,靠的就是记者的脚下功夫。脚步走到哪里,你的触角就会伸到哪里,你的镜头就会对准哪里。只有"脚下有泥土,笔下才能见真情",拍出的照片才能冒着热气、沾着泥土芬芳,有着别人看不到的精彩。《那一天有我》让记者远离了节假日,每天走村串户、跋山涉水寻找和捕捉一个又一个普通人物的精彩人生,就连春节也依然奔波在采访一线。

大年三十恰逢八十大寿的陈万银、大年初一即将远行开启人生梦想的江梦阳、大年初二在母亲常去的公园追忆母亲的虎燕、大年初三百岁老人的家族聚会、大年初四人小志大的阿里、大年初五坚守梦想的胡晓媛……万家团聚的时候,记者却用脚步丈量着新时代的精彩,用心记录着生活中的欢声笑语,用情讲述着平凡人的感人故事。

讲故事要靠眼力,抓取典型瞬间形象才能打动人。好故事、好作品的背后,往往是一双双具有发现力、辨别力、判断力、预见力的“记者之眼”。作为可视新闻的新闻摄影，如何做到一图胜千言，将一个平面转化为一个动感瞬间，转化为一个有立体感和充满情感的瞬间，就需要记者在千百次的采访实践中去细心观察、用心体会。

身形矫健的小学体育老师莫少华带着学生跑操、茶艺师李雅菲在充满诗意的房间里优雅地沏茶、小东(化名)戴着生日帽站在铁窗前与母亲通电话的一瞬间……让我们百感交集。瞬间，需要摄影记者在现场用专业的眼光从人生、社会与自然中筛选出最具有新闻价值的新闻情景。247个人物，男男女女、老老少少、不同的职业，锻造了摄影记者的独特眼力。

讲故事要靠脑力，挖掘出精彩人生才能打动人。记者是新闻的报道者、时代的观察者、社会的瞭望者。互联网时代，信息传播不仅重速度、求广度，更要体现记者思考的力度和深度。只有将主题思想与生动具体的、独特感人的画面紧密结合在一起，才能构成一个好的新闻作品。

一直在行走的作家唐荣尧、荧屏外的女主播张巨红、梅花奖获得者侯艳、银川好人“面条哥”郭良山、漫画爷爷韩丹……鲜活的人物、激扬的人生，让我们的时代充满了朝气，更让我们的报道充满了正能量。亲历采访一线的摄影记者深深地被鼓舞着、震撼着，由衷地感到，摄影作品不是由相机创造出来的，而是被摄者自己创造出来的。也正因为有了这种思想与画面的统一，才会有人物的精彩和读者的感动。

讲故事要靠笔力，写出画面之外的正能量才能影响人。好的新闻作品离不开记者的新闻表达功底。好的记者不仅要擅长讲故事，而且要会用心经营语言文字和镜头，用灵活多样的技法和角度来组织材料、表现主旨。摄影部的记者们年龄都不大，他们在干中学、学中干，不断探索发现平凡人物的不平凡之处。翻看他们的作品，我们时时刻刻都能够找出平凡人物许多不平凡的亮点。

被誉为“困难清道夫”的环卫工人罗敬忠，朴实的话蕴含深刻哲理：“过日子就像扫马路，障碍扫清了，路就平坦了。”

59岁的“最美银川人”樊瑞珍，16年守护患有精神疾病的丈夫不离不弃，丈夫逐渐康复，而她同时精心培育的花苗在早市上也大受欢迎。她牢记父亲临终的嘱托：用爱浇灌，沙漠里也能开出花儿。

盲人姜淑娟和同样是盲人的丈夫开了家按摩店，两人共同拼搏人生。她用一颗感恩的心去拥抱世界，对儿子说：“我无法带你去游乐场，你却能带我去菜市场；我无法带你去看世界，是你把精彩的世界讲给我听。”从他们一家人身上，我们感受到了爱的无穷力量。

有些人之前从来没有过过生日，因为我们的栏目，他们第一次在生日蛋糕前点燃幸福的蜡烛，第一次端起长寿面接受亲人的祝福，第一次拿起酒杯向家人说出心里埋藏许久的感动。当受访者看到自己的照片刊登在《宁夏日报》时，《那一天有我》就成为他们难忘的生日贺礼。

《那一天有我》扎根于现实，来源于群众，展示了群众的生活，弘扬了他们的爱国之情。《那一天有我》栏目稿件结集出版，苏保伟在序言中写道：在同一条板凳上，缩短了心与心的距离，走近你、读懂你，为了你、依靠你。《宁夏日报》摄影部正是以这种“走转改”的精神体验生活，用“四力”行动为我们呈现出一道道家庭餐桌上的“人生小炒”，既端得上宴席，又留着活色生香的人生百味。

新闻是用脚写出来的

龚建崇

龚建崇，1974年生，1996年毕业于宁夏大学，1999年入职宁夏日报报业集团新消息报社，先后做过记者、编辑、发行、行政、评报等工作。历任新消息报社发行部主任、办公室主任、新闻中心主任、编辑出版管理委员会委员等。

19年前，中国西北一隅的一篇新闻报道引发“蝴蝶效应”，5个月后在全球掀起巨澜，让远隔重洋的三菱汽车遭受重挫。

其实能采到这篇报道，是偶然，也是必然。

因为我坚信，新闻是用脚写出来的，脚所能到达的地方，最真实客观的新闻素材才会显现。当下，已是今日新闻直播时代，但彼时的纸媒时代，宁夏新闻记者为抢“昨日”新闻，昼夜奔波在全区各地。

那时我刚到新消息报社新闻部，没有新闻口，只有东跑西奔，自己满街“找食吃”。一辆大二八自行车，平均每天骑行四五十公里。跑得多，收获也多，最多一天采到6篇报道。靠着一双敏锐的眼睛，确也发现了不少好新闻。

2000年9月27日，我一如既往去"扫街"，路过宁夏出入境检验检疫局，虽不是我跑的新闻口，但也特意进去找点新闻线索。我和办公室主任聊了很多，线索仍没着落。我说想到各处室去转转，主任想起一事，说机电处有人送检的车辆，路上差点出了事故。我眼睛一亮，关乎生命安全，一定要问个仔细。

机电处张大平处长介绍了一根小管子引发大问题的事。

2000年9月15日下午，自治区地矿局司机黄国庆接了两位专家、一位总工进山考察时，刹车失灵，黄国庆紧急降档拉手刹才躲过一劫。

黄国庆驾驶的三菱帕杰罗V33越野车使用不到一年，行程不过3万公里，出现这样的事故很不正常。黄国庆找到宁夏出入境检验检疫局机电处。张大平在检查后发现，这不是一个小问题——制动油管磨损漏液致刹车失灵。根据车的结构及行驶过程中的运动方式判断，张大平怀疑事故是设计不当所致。

当天又查了5辆此型号的三菱车，结果证实了这个判断。三菱帕杰罗V31、V33型汽车制动油管都出现不同程度的磨损，严重的已磨穿。

有了素材便立马撰稿，成稿后，时任新消息报社副总编辑的马文锋提醒标题可否写设计缺陷，我电询张大平，张说尚未出鉴定结论，媒体暂不能这么表述。于是，9月28日第一篇稿件《查了五辆车制动管均有重大隐患　宁夏检验检疫局建议用户自查三菱帕杰罗》见报。

此后，我一直盯着此事。10月1日，宁夏一辆三菱帕杰罗V33在行驶中紧急制动失效，幸无伤亡。经查，属同样问题。

两周后的10月13日，再去回访，发现全区已查出35辆问题车。14日第二篇稿件再次在《新消息报》一版刊发，促使事态升级。

这次采访，确证我抓了条"活鱼"。

不久，全国各地陆续有此类消息出现，云南省发现近300辆帕杰罗V31、V33越野车存在同样问题，其中有20多辆后制动油管被磨穿。

2000年12月25日，长沙一辆帕杰罗V31越野车由于刹车油管破裂导致制动失效，造成严重交通事故。

《新消息报》报道此事5个月后，三菱帕杰罗事件在全国掀起高潮。

2001年2月9日，国家出入境检验检疫局发布紧急公告，决定对存在严重安全质量隐患的日本三菱公司生产的帕杰罗V31、V33越野车吊销其进口商品安全质量许可证书，禁止其进入中国。

2001年2月12日，日方表态新闻发布会后，中央电视台社会新闻部记者孙树文和她的两位同事在其他记者走后堵住日方代表，追问为什么没有提及如何对待中国消费者，最终迫使三菱公司北京事务所所长安乐英明和另外两位副所长一齐走到摄像机前，鞠躬并说道："因为三菱公司而给中国消费者带来安全隐患，对不起。"

事后，孙树文说，虽然用了一个多小时采访才得到这样一句致歉的话，但她和她的同事还是觉得很痛快。她感到了小小摄像镜头后面所有中国人的目光。这是中国消费者首次得到的日方公开的道歉。

2月12日下午，三菱正式通告媒体：决定召回检修旧款帕杰罗，并通知了三菱汽车在中国的4家地区总代理及44家特约维修服务部。

2月15日，三菱汽车再次宣布将召回全球150万辆有潜在问题的汽车。

2001年2月，《南方周末》记者成海和陈秋分赴宁夏、北京采访并报道了三菱帕杰罗事件，来自宁夏的黄国庆、温万成、张大平和我及央视孙树文等以"为此事较真的主角"登上《南方周末》人物版。

当然，也有不妥之处。三菱帕杰罗事件中后期追踪报道，我的脚力没有跟上，眼力短视，脑力不足。现在想来，虽然我在宁夏，但也可以向孙树文她们学习，哪怕通过电话去采访国家出入境检验检疫局、采访三菱公司中国总代理、采访外省区相关情况，都会有更好的表现。

只有经过这些磨炼，才会有所进步。

跑新闻，就是脚步永不停歇，直抵新闻中心。那几年，我陆续有32篇新闻稿件获得各类新闻奖项。

“蒲公英”也有春天

李东梅

李东梅，1981年生，主任记者。2004年毕业于兰州大学新闻系，2017年毕业于中央党校经济管理专业，现任宁夏日报报业集团新媒体频道总监。2012年、2016年，先后两次被自治区总工会授予“自治区五一劳动奖章”；2010年被评为“宁夏名记者”；2011年、2012年，被评为自治区宣传文化系统先进个人；2014年被自治区妇联和全国妇联授予“自治区三八红旗手”“全国三八红旗手”荣誉称号；2017年获得“宁夏五四青年奖章”；2018年获得自治区哲学社会科学领军人才称号。

给7岁的女儿读过一个绘本故事，故事的名字叫《勇敢的小不点》。讲述的是一朵小小蒲公英离开母体，从胆怯到坚强，后来勇敢地在崭新土壤上扎根的故事。讲完故事，感慨良多，因为我本身也是一朵小小的蒲公英，从近2000公里之外的故乡——内蒙古赤峰市——一路辗转来到大西北，一路上收获爱、收获感动、收获力量，在这片土地深深扎根、无畏成长。

我今年38岁，人生对折，恰好两个19年。第一个19年，在故乡的怀抱里读书、成长；第二个19年，择业、择城、择人，在西北上学、上班。2000年西部大开发春风浩荡，那一年，我考上了兰州大学，乘坐52个小时的绿皮火车从故乡到兰州，一路上除了新奇更多的是惶恐，更多的是远离家乡和亲人，一个人独自面对生活的未知和茫然。2004年大学毕业后，我只身一人来到宁夏，成为宁夏日报社的一名记者，从此，与这片土地结下了不解之缘。

工作15年，我参加过党的十七大、十九大宣传报道，参加过连续12年的全国两会、连续14年的自治区两会报道，参加过3届中阿博览会和上海世博会、北京奥运会报道，2008年5月，曾经到汶川地震灾区采访一周……15年来，我用自己的纸和笔记录这个时代的风云变幻，记录宁夏的不懈追梦、奋力圆梦。幸运的是，这片土地从未亏待我这个外乡人，15年来，我获得过“全国三八红旗手”“自治区三八红旗手”“自治区五一劳动奖章”“宁夏五四青年奖章”“自治区文化哲学系统领军人才”等一系列荣誉。业务上，我获得过中国新闻奖、全国省级党报好新闻、宁夏新闻奖……刚到宁夏的我，曾经孤苦无依、两手空空、无亲无友，如今的我，有家庭、有事业、有朋友、有未来，幸福满满，收获满满。

我们的事业是五湖四海的，我们的干部也来自五湖四海。习近平总书记指出：“干部成长无捷径可走，经风雨、见世面才能壮筋骨、长才干。要做起而行之的行动者、不做坐而论道的清谈客，当攻坚克难的奋斗者、不当怕见风雨的‘泥菩萨’，在摸爬滚打中增长才干，在层层历练中积累经验。”而我所从事的职业，正是一个可以经风雨、见世面的职业。记者的魅力，在于可以接触不同的人，倾听不同的声音，感受不同的成长，每一天都有不同的新鲜等待着我，在参与重要会议、调研中向领导学，在与先进人物对话中向模范学，在采访交流中向同行学，在“走转改”的路上向群众学，因为从事了这份职业，我看到了更多的大江大湖，见识了更多的大智大勇，也懂得了更多的大情大爱。因为这份职业，我们的生活半径和人生阅历在无形中拓宽、延展。

前不久，我们到固原市原州区寨科乡新淌村与基层群众同吃同住同劳动。在进村的大巴车上，我给自己安排了一个硬任务，每天写一篇日记，把“三同”过程中的所见所得记录下来。眼睛是取景框，心灵是容纳器，脑袋是封存库。驻村16天我写了16篇日记，山里的树、山里的风、山里的花、山里的人、山里的生活、山里的庄稼、山里的教育医疗都被我记录了下来……“三同”是“不忘初心、牢记使命”主题教育的一次践行，是一条寻找之路，也是一条发现之路。脚下沾满多少泥土，心中就沉淀多少真情。在路上，心中才会有时代；在基层，心中才会有群众；在现场，心中才会有感动。要拜群众为师，向群众求教，才能更好地回答“为了谁、依靠谁、我是谁”的时代之问。

作为一朵从小在农村长大的“蒲公英”，远离“母体”是疼痛的。一度，为了让我回乡，父亲曾很努力在故乡为我找工作，可是我执着于自己着陆的这片土地，执着于自己认定的事业，一次次拒绝了父亲的好意。2010年春节我回乡探亲，那天父亲喝醉了，流着泪对我说：“我唯一的女儿献给大西北了。”的确，人这一生，20多岁的时候很难，面临很多人生重大选择，要选择在哪里、选择做什么，选择跟谁在一起，事业之路、爱情之路、生活之路，都是那个时期确定的航向。我也是那一朵“勇敢的小不点”，于我而言，过往的19年，如果用一个词来形容，我的答案是两个字：无悔。未来，希望十年、二十年甚至更长的时间，回首审视自己的来路，我一样会无悔今天的选择，遇一个人、择一份业、爱一座城，此身，此生。

人生对折的两个19年，已经不是从内蒙古到宁夏，而是从故乡到故乡，因为祖国需要处，皆是我故乡。感谢时代的东风，让我这朵“蒲公英”在宁夏遇到了自己的春天。

写好新闻是生命给我的一份大礼

何玉玲

何玉玲，1970年生，内蒙古阿拉善人，宁夏日报报业集团新消息报社记者。从1999年到新消息报至今，当过编辑，干过记者、校对，对每一项工作都兢兢业业。2004年《人民日报》《光明日报》等报刊陆续刊登了介绍何玉玲先进事迹的长篇通讯。全国新闻战线"三项学习教育活动"领导小组号召全国新闻工作者向何玉玲学习。2004年获全国百佳新闻工作者称号，2005年获"全国城镇妇女巾帼建功标兵"和"宁夏十大杰出青年"称号。

每个人到这个世界上都会带着某些使命。当年有同行给过我一个过高的评价，形容我是为新闻而生的。回头再看，我却认为，冥冥之中，是做记者写好新闻的使命，让我在获得重生时给了我更坚定的信念与力量。

1998年年底，一场向社会公开招聘的考试中，我有幸成为宁夏第一份都市报《新消息报》的一员。这次公开考试，不仅给了我一个记者身份，还坚定了我的信念，不用靠关系，凭自己努力就可以实现心中的理想。有幸能在这次考试中获得新闻采访第一名，我有了更大的信心，也在新闻采访这条路上收获了第一个信条：只要沉下去，用心采写，哪里都能写出好新闻。虽然当时采写的都是豆腐块新闻，但正是在这样一个平台和团队的各种历练中，让我后来到阿拉善驻站有了更广阔的发展空间。尽管当时有人说，那是鸟不拉屎的地方，但正是27万平方公里的大地考验了我的眼力、脚力。也正是在这片天地，我采写到了《新消息报》第一篇获中国新闻奖的稿件。在这里，我上过山、穿过沙、飞过天、遇过洪水。

那几年，有人形容我跟打了鸡血似的，到处跑。我也感觉自己满眼看到的都是新闻，只要有了好线索奔走起来就不知疲倦，满腔的热血都在为采访、写稿而沸腾。一出行就是几百上千公里，好多地方没手机信号，但"失踪"几天后总会有像发现新大陆的独家报道。

在那几年的奔走中，连自己孩子的取名也是跟采访有关。"神舟四号"发射前，我独自深入额济纳旗采访，因为当时正在修路，返回时坐班车坐了17个小时，第二天一早又要赶回报社参加一个培训。在此次艰难采访的路上就想好给儿子取名胡漠杨。想着是有这样一个奔波采访的妈妈，孩子一定要像大漠中的胡杨一样坚强，这样才能更好成长。

也许老天看到我太奔波了，想给我一个长久的休息机会吧，2003年一次采访路上我出了车祸，同行4人中一位要好的女记者不幸当场罹难，而我颈椎至胸椎多处骨折，膝关节半月板受损，4个多月大小便都在床上。

之后的几年我处于人生低谷，工作、家庭、生活、生存、生命……都如我受伤的身体到了不堪一击的地步。从此我变成了别人笔下的故事人物。为了把经历的事故变成美好的故事，我经受了漫长而痛苦的几次手术和身心康复过程，坐过轮椅，拄过拐，不再能跑步。

很多人也以为从此后我将告别记者生涯。谁知身体动不了的我，心和眼仍闲不住。

那几年的我，就像当初乘坐出车祸的那辆受损的车，虽然因遇险急刹车翻车动不了，但发动机因惯性没有熄火。当时的我身体动不了，但受伤的大脑却又好像无比清醒。当指挥不了身体下地行动，大脑就开始行动，曾经走过的路，采访过的人与事，一些计划了但还未完成的稿件，都像过电影一般，一次次牵动我的身心，催促着我要把它们呈现出来。

当时有人说我这是不面对现实，用写稿来麻痹身体的伤痛，家人更是坚决地反对。可我知道，就是这份坚持试着写下去的信念，证明我的大脑还有救，还能重回我喜爱的工作岗位。虽说人活着不会只有写稿一条路，可那时，能写稿就成了我活下去的一个重要信念。

就这样，从术后一个月的病床上起，到现在边康复边工作的16年，不论在哪个工作岗位哪种变故状态下，我从没停下手中的笔。病床上得知有好线索时，口述让家人帮我写稿，后来用“二指禅”自己慢慢敲打。因颈椎和腰受伤，不能久坐，这十几年我尝试过各种“花式写法”，躺着写、趴着写、站着写……根据身体状况，我在一天24小时的所有时间段都写过稿。

看到我这么痛苦地写作，家人多次劝我放弃。无数次我也内在追问，追寻初心，我发现自己还是离不开写。我才意识到，没人逼却仍坚持做的事，那是真爱。同时，我也是在用自己的精神追求克服和超越身体的疼痛。

这十几年，陪伴我最亲密的人，除了家人、亲友外，就是我那随身日记，大大小小20多本(挑挑拣拣出书也得两三本吧)。是这些日记伴我走过那段艰难的岁月，也伴我重新走回新闻一线。

受伤后，我记得写过最多的一次稿，是在周刊上一人发了3块专版。那是2010年阿拉善成立30周年时。因为历史上阿拉善有10年归属宁夏，我就自己策划，利用周末回阿拉善左旗查资料、采访，写了阿拉善与宁夏的一些人物和往事。当时，身体状况和经济状况都不理想，我还是自费用了将近一个月完成了这个给自己定的任务。报道刊发后，一同事说：“我还一直担心‘廉颇老矣，尚能饭否？’看来老家伙宝刀未老呢。”

为了适应新媒体写作，我还开了个公众号练手。不能写动态的，我写静态的，不能跑远处，我写回忆和感悟。为什么要这么做？我认为，手中的笔是媒体人奋斗的枪，不管写多写少、写好写坏，你不该轻易放下武器投降。你可以没有战斗力，但你不能丧失影响力。

今年，奔五的我，在受伤调养后也带着新使命再回一线。尽管有压力、有困难，但正是读者反馈的那句"因为你的报道，让我对《新消息报》有了兴趣"给了我这个新闻老兵新的动力。我才发现经历这么多磨难，原来是上天让我更多感悟生命，让我有能力更深入人心，讲更多人的好故事。

都说上天会奖励为生命、为爱奔跑的人。在我受伤以后，之前跑过的路、受过的苦、写过的稿，却以中国新闻奖、全国百佳记者等荣誉为我送上鼓励。但这一路实在走得太不易，真是一条人生的新长征之路。还好，经历各种伤痛及生死考验后，我还能重回新闻一线，并且一直在采写新闻的路上。

用“四力”担起正义与良知

马钦麟

马钦麟，1980年生，宁夏盐池人，毕业于中央民族大学。2003年入职宁夏日报报业集团，现任全媒体指挥中心副主任。2012年获得自治区政府授予的“全区就业先进工作者”荣誉称号；2015年获得自治区党委宣传部、宁夏新闻工作者协会组织评选的“好记者”荣誉称号。2016年参加第二批中国青年媒体工作者代表团赴日交流活动，2017年作为第十四批“西部之光”访问学者到人民日报社访学，2018年入选自治区青年拔尖人才培养工程。

2013年4月11日、12日、15日，由我采写的关于兴麟房产中介的三篇舆论监督系列报道，相继在《宁夏日报》一版刊发，引发连锁反应，社会各界议论纷纷。

宁夏兴麟房产营销策划有限公司于2012年6月注册成立，至记者报道时，已在银川市布设至少120家直营店，购置数百辆业务用车，聘用近千名业务人员。如此疯狂的发展速度及接连不断的投诉举报，引起我的质疑和关注。

3月底至4月初，通过新闻热线，我接触到几名投诉举报兴麟房产的市民，挨个走访，查看了相关票据、合同，查阅了银川市房产交易规定，心中基本有了数。下一步，就是要与兴麟房产直接接触。为此，我分别以售房者和买房者的身份，与兴麟房产几家分公司斡旋，获取直接证据。“我的房子是经济适用房，能卖掉吗？”“我朋友想要我的房子，想撤备案，可以吗……”对方答复痛快而肯定：“绝对没问题！”

随后，我与一个被套牢4个多月的客户商量，由我以他亲属的名义一同前往兴麟房产银川总部再次协商，争取获得公司高层的正面态度。不料，公司总部安保措施非常严格，只能在业务员刷卡带领下，才能到达业务办公室，等待我们期望的“高层”。然而，他们层级严密，任何事情必须层层请示上报，我们也只接触到受过专业训练的投诉受理部门负责人，得到的答复依然是“得继续等，领导出差，没有签字，办不了合同解约”。

我判断，即使以记者身份采访，也不会获得任何有效信息。离开兴麟房产银川总部后，我拿着受害者手中分量十足的证据：一张××购买某处房产的首付款收据。这张几十万元的收据，所盖的章不是银行，而是兴麟房产财务用章，明显违背了银川市二手房交易规定。由此，我分别前往银川市房管局和建设银行银川市东城支行等地采访，印证了我的判断，这张收据是有问题的，房管局也表了态。银行方面答复，按照合法流程，买卖双方必须持有效证件和购房合同，由买家在银行营业柜台将购房首付款打进卖家银行账户，由银行当场办理冻结手续方可生效。

基于此，4月11日我发表了第一篇报道。令我意外的是，监管部门、涉事公司当天都很平静。我又利用互联网扒兴麟房产的底，果然收获不小，没想到兴麟房产已经在全国多个城市开始布网。因为业务电话对外公开，我按图索骥，以银川某分公司负责人的身份，与各地兴麟房产的老板交流业务心得，终于探出了巨大的秘密——兴麟房产涉嫌违法经营和非法占用他人首付房款。而大多数受害者双方被套牢后，迟迟不敢维权的原因是，兴麟房产的房产交易合同暗藏玄机，哪一方单方面违约，就要承担合同价每天3%的违约金，另一方面则担心其一旦被垮塌，自己的首付款会打水漂。

4月12日第二篇后续报道发表，兴麟房产彻底坐不住了。兴麟房产总经理吴秉麟当天从北京飞来银川，并找到我的电话恐吓我，扬言“整死你”“让你全家不得安宁”。接下来的几天，我进出家门和单位时，都要四周观察一番才敢动身。我要求妻子删除微信和QQ里所有有关家庭成员的照片、地址等信息，每天必须谨慎地接送上学的孩子。

天窗已经捅破，只能等待有关部门进一步取证和查处，行业监管部门找到我，表示接到投诉并查实后，会给予1万元至3万元行政处罚。4月14日，兴麟房产一位负责人突然与我联系，表示愿意接受记者采访，向社会作出一个满意的答复。

去还是不去，我十分犹豫，生怕对方下黑手。但是，职业使命不容我胆怯，舆论监督不能有始无终，必须给社会一个答复。因此，我只身前往，见到了对方负责人，答复内部管理出了问题，要开除一部分公司中高层管理人员，并积极配合客户办理拖延已久的退款业务。由此，综合银川市房管局的答复，我于4月15日发表了最后一篇报道收尾。

平心而论，我对这样的结果不是很满意，但作为媒体人，我们已经尽了最大努力。

正义从来不会缺席。当年9月，自治区、银川市公安部门以兴麟房产涉嫌合同诈骗罪立案侦查。诈骗案头号犯罪嫌疑人吴秉麟及刘某、张某等10名主要犯罪嫌疑人，于9月8日凌晨在北京被包头市公安人员抓获。经查，截至2014年9月份，犯罪嫌疑人吴秉麟等人先后在全国25个省（区、市）成立房产中介公司150余家，开设门店2300余个，造成损失达10.37亿元，报案群众近万名，17个省（区）的65个地市立案侦查。

抱着孩子上全国两会

姜　璐

姜璐，1988年生，研究生学历。2013年进入宁夏日报报业集团工作。多次参与中央领导来宁考察、全国两会、中阿博览会、自治区两会等重大活动宣传报道，先后发表新闻稿件1000多篇。入选2019年宁夏哲学社会科学和文化艺术青年人才托举工程。

2018年2月，我得到一个喜忧参半的消息——参加2018年全国两会新闻报道。

喜从何来？全国两会，媒体报道的盛会，全民关注的焦点。对于一名时政记者而言，这是一次难得的历练机会。

忧在哪里？当时，我的孩子仅9个月大，嗷嗷待哺。

机会难得，孩子却小，我该怎么办？

我做了一个大胆的决定——带着孩子上两会！

为了不给单位添麻烦，我悄悄将孩子和父母安顿在北京驻地宾馆附近。

每天，我和同事需要完成策划、听会、采访、写稿等任务，繁忙之余，如何挤时间照顾孩子？我一般在完成一段采访任务后，一路小跑给孩子喂奶，然后再带着一身汗跑回会场或宾馆继续战斗。如此每天反复4次，甚至更多。

晚上是最难熬的，因为孩子没有断夜奶，不论多晚，我完成当天工作后，都要赶到孩子身边。父母和孩子睡床上，我则打地铺。

有一阵子，睡眠不足和劳累让我疲惫不堪，但是想想我的初心和使命，心中又鼓足了力量。

对于一名新闻工作者，尤其是时政记者而言，参与两会报道不仅是一场攻坚战，更是检验采写能力的"试金石"。

经历了这场考验，我收获了什么？我找到了短板。

新闻工作者杰出代表穆青曾说："要当好一个称职的记者，我的目光和笔时刻也不能离开人民。"

细细揣摩"勿忘人民"这四个字，让我汗颜。

虽然我有不少下基层的经历，但因为思想上的松懈、工作上的压力，使我缺少了仔细聆听群众声音的耐心。写出的往往是一个小时拟题、一个小时走路、一个小时采访、一个小时返回、一个小时写稿的"五一稿件"。虽然新闻的真实性、新闻的五要素并不缺乏，但缺乏了人气、活力。稿件甚至到了谁写谁看、写谁谁看的境地，成了流水线作业的产品，少了得到群众认可的精品稿件。

为什么会这样？问题出在哪里？

两会期间，我的第一篇新闻稿是《获得感之外，亦有所盼——代表委员关注的那些事》。会前，当我把为这篇稿件准备的素材交给总编辑助理连小芳时，被她一眼识破："你是不是没有去基层采访或者采访不扎实？"

当时，我满脸通红地承认："有几个例子是打电话采访的。"

"有没有用心去一线采访，通过稿子一眼就能识别，没有可读性的稿子，老百姓是不愿意看的，更谈不上影响力。"连小芳苦口婆心地说。

我开始疯狂"补作业"。2月28日上午，我来到石嘴山市第一人民医院，观察取药窗口的患者。来来往往的人群中,有一位阿姨手里攥着一个购物袋,坐在椅子上等待取药。我听到她和旁边的人聊天:“过去一盒硝苯地平控释片50多元,取消药品加成后,价格降了近一半,现在药费便宜了好多。”她还说,检查费比较高,对于她那样的老病号来说,啥时候看病能再便宜点就好了。

说话间,轮到阿姨拿药了,她娴熟地把一堆药装进袋子。

好了,例子有了!

这次采访真正给我上了一课:采访时目标不要太明确,和群众交流,不是你问我答、有奖竞猜,而是真正坐下来,听听他们怎么说。

《获得感之外,亦有所盼——代表委员关注的那些事》打破了我的改稿纪录,先后修改了17次,每次修改都能发现不少问题,以至于后来我看到第一稿,觉得错误百出、不堪入目。

我意识到,只有练就一双“铁脚板”和一双慧眼,提升脑力,增强笔力,才能更好地担负起党报宣传的使命。

两会期间,我也真正领会到提高“四力”的重要性。

几乎每天,我们都在绞尽脑汁,什么样的稿子能让人耳目一新,能引起共鸣。

一天,一位同事提出:“能否围绕群众关注的话题,让新老代表共话履职。”

生态、创新、教育都是群众关注的热点。

随即,我们制订了一个详细的采访计划,分工明确,采访相关代表。让人振奋的是,该组稿件因选题新颖、见报后引起较好反响。究其原因,是参与报道的同事在运用“四力”上下足了功夫。

岁月如流,一晃我已从业6年。不论是参加全国两会报道,还是参与《宁夏日报》改版及“壮丽70年　奋斗新时代”等重大主题报道,《“微”你寻亲记》《我找到了你,迷途者》《人进沙退　绿了家园——看盐池县如何践行“绿水青山就是金山银山”》《走得再远,都不能忘记来时的路——宁夏大学退休教师刘世俊和老伴郭雪六一甲子的初心和使命》等稿件的问世,让我再次明白,只有努力磨砺

“四力”，守初心、悟初心、践初心，才能写出有温度、有情感、有分量的稿件。

不论未来的路有多少挑战，新闻是值得做一辈子的事业，记者的荣光永远在前方。

“四力”标兵吴宏林追记

秦　磊　朱立杨　乔素华　丁建峰　李　徽　和牧川　刘文鑫

吴宏林，1970年生，宁夏银川人，1991年7月参加工作，在石嘴山市矿务局任宣传干事、电视台记者。1999年起先后在《石嘴山日报》《华兴时报》《现代生活报》《宁夏日报》从事编采工作。2019年4月任宁夏日报报业集团党报编辑室副主任。2019年6月11日因病去世。在从事新闻宣传工作的28年中，累计采写了5000多篇200多万字的新闻作品。自治区党委宣传部追授吴宏林为全区宣传思想文化战线强“三性”增“四力”标兵。

坚守初心，甘做新闻一块砖

“文行天下”，是吴宏林的微信名。一个渴望将世界放在笔端的记者，每天该有多少事情需要忙碌。

2016年6月2日清晨6时，他准时起床，给“妞妞”吃过早餐，带它出门遛弯——“妞妞”是在南京上大学的女儿捡回来让他照看的流浪狗。

9时刚过，他与公益达人丁高强联系采访事宜：当天，银川近千名群众要骑行10公里，庆祝即将到来的“世界自行车日”。

时近中午，他赶到了父母家。78岁的母亲卧床两年多，只有他这个最小的儿子能把母亲逗乐。

晚上8时，他坐到单位电脑前，编辑《宁夏日报》一版稿件。最费脑力的是10位记者提交的10篇稿件，要由他合稿编辑成4000多字的综合报道——《筑牢信仰之基　凝聚奋进之力——习近平总书记在“不忘初心、牢记使命”主题教育工作会议上的重要讲话在我区引发热烈反响》。

心脏怎么有点不舒服？他忍了一会儿，症状略有缓解。

右腿怎么有些麻？怎么又痛起来了？改完稿子再说吧。

6月3日零时许，他让同事扶了自己一把，觉得是坐的时间太久，腿被压麻、压痛了。

可是，症状持续加剧。

凌晨1时许，他被抬上救护车送往医院。医生诊断是他的心脏遇上了大麻烦，突发主动脉夹层A型爆裂，必须立即手术……

记者、编辑、慈父、孝子，他是个追求完美的人，在意每一个身份，并努力做到最好。

6月2日，宁夏日报报业集团党报编辑室副主任吴宏林最后一次在一天时间内，四种身份无缝转换。

6月4日凌晨，吴宏林被推出手术室，生命体征平稳，但一连7天没有醒过来。6月11日凌晨，他的病情急转直下，于4时30分去世，终年49岁。

“四力”标兵的“四力”考题

吴宏林是一个脚力、眼力、脑力、笔力都有过人之处的“新闻矿工”。自治区党委宣传部近日追授他全区宣传思想文化战线强“三性”增“四力”标兵，作为他生前的同事,我们都觉得他当之无愧,也意识到他本身就是一座"新闻富矿"。可是在单位,他太低调了,不爱说话,总是静若处子。挖掘这个曾经朝夕相处的战友的事迹,我们突然发现他身上有许多谜,如同一道道考题,考验着我们的脚力、眼力、脑力和笔力。

2019年4月,宁夏日报报业集团进行中层干部选拔,能写能编、会拍会摄的吴宏林从海选中胜出。集团领导找吴宏林谈话,征求他对新岗位的想法与工作意向,吴宏林坦诚地说:"组织上把我放到哪都成,分给我啥工作都行,我都会全力以赴干好。"

与吴宏林一同上夜班的一位同事知道他的难处,私下里建议:"你找找领导,家里两个老人需要你照顾,你不能再上夜班了。你能写会拍,在哪个白班岗位都能干好。"

"不去不去。"吴宏林头摇得似拨浪鼓,"分给我啥工作,尽力干好就行,我就是报社一块砖,哪里需要哪里搬。"

甘做"砖头",是一种追求、一种境界,也是一种自信。

许多同事都以为"砖头"吴宏林是石嘴山市人,因为他是从石嘴山来到宁夏日报报业集团工作的。

可是我们查了他的档案,他竟是银川市人,1989年高中毕业于银川一中。

这年高考,吴宏林"考砸了"。

"只要有学上、能工作就行。上不了本科,那就上专科。"

回想起30年前,姐姐吴巧玲说:"宏林骨子里的淡定,那时就表露出来。"

吴宏林最终被西安矿业学院思想政治专业录取。由于是定向生,1991年,21岁的吴宏林专科毕业后被分配到石嘴山矿务局一矿,任宣传干事。

从业28年来,吴宏林前后在10个岗位干过。他干一行钻一行,钻一行精一行。每次调整工作,每次从头做起,可用不了多久,他又会成为业务骨干,成为同事、朋友眼中的专家。

在哪个地方、哪个岗位不能成为社会可用之材?

回看30年前吴宏林对自己人生之路的选择，或许能给如今正在为报考哪所高校“烧脑”的学子们提供一些参考吧。

中层干部成“新兵”

1996年，吴宏林成为石嘴山矿务局电视台记者，几个月后就成为该台当时唯一能写、能拍、能编、能客串播音员的全能人才。

1999年9月，经过公开招考，他以优异成绩考入石嘴山日报社，很快就脱颖而出。

石嘴山日报社当年负责记者日常考核的张芳霞说：“那时，记者每月的见报稿目录要填写在一页10行的登记表上。有些记者的见报稿目录一页表都填不满，而吴宏林的要填三四页。”

2000年7月24日至8月4日，《石嘴山日报》两周出版的10期报纸中，7个头版头条是吴宏林采写，且均为深入一线采写的经济、民生类稿件，创造了石嘴山日报社的一个奇迹。

由于业务能力突出，进入石嘴山日报社不久，吴宏林被任命为采通部负责人。

2003年9月，吴宏林进入华兴时报社工作，被安排在石嘴山市驻站。从石嘴山日报社的中层干部“降”成一个“新兵”，他丝毫没有怨言。

《棕熊伤人是一起责任事故，饲养员被拘留》《惠农百余辆出租车围堵试运营公交车》《石市一市民揭开篡改土地档案内幕》……很快，吴宏林的一篇篇报道，如同一颗颗“重磅炸弹”，炸响了宁夏新闻界。

不久，吴宏林成为《华兴时报》时政部主任。

2010年底，宁夏日报报业集团部门整合，吴宏林进入集团经济新闻部，再次由“部门老主任”成为一名普通的“跑口记者”。

“跑口记者”做专家

宁夏广播电视台新闻中心记者尤文广与吴宏林在跑口采访中相识相知，他发现吴宏林是个“怪人”：很少饮酒，寡言少语，却是个葡萄酒专家，品评起各种葡萄酒来头头是道、滔滔不绝。

在许多记者看来，刚起步的宁夏葡萄酒产业是个不太出新闻的“冷口”。但吴宏林到经济新闻部后，很快把这个“冷口”跑成了“热口”。

“我注意到，每次与葡萄酒有关的活动，总会有一个背着相机的记者在场，时间久了才知道，他是《宁夏日报》记者吴宏林。”提起吴宏林的敬业、专业，贺兰晴雪酒庄酿酒师张静心存钦佩道：“有一次，我写了一篇关于葡萄酒的文章，发在公众号上。吴老师看到后，指出里面的一个数据有误。我仔细查对，确实错了。之前，我们校对了好几遍都没看出来，他作为一个‘外行’，居然一眼看了出来，眼力太厉害了！”

“我经常出国参加有关葡萄酒方面的活动，因为时差关系，多少个凌晨，吴宏林等候在电脑旁，通过邮箱和我讨论活动的新闻报道，只为一个精确的数字或一句精准的表述。”自治区农业农村厅党组副书记、副厅长曹凯龙说。吴宏林采访葡萄酒产业近10年，采写了数百篇与葡萄酒产业相关的消息、通讯、特写、专访等。“宁夏葡萄酒产业能够发展到今天，有吴宏林的一份付出。”曹凯龙说。

在经济新闻部，吴宏林还负责跑林业口。曾在林草系统做了10余年宣传工作的吕海军说：“吴记者从不用材料写新闻，每次都要到现场。一次，他听说彭阳县有位残障人士多年来在自家周围植树造林的线索后，决定登门拜访。采访车开不进村，他便步行两个多小时赶到了采访对象家里。”

白天也懂夜的黑

2017年底，宁报集团部分岗位调整，夜班编辑部急需干将。集团领导觉得吴宏林是做编辑的不二人选。

夜班编辑是个苦差事，下午4时到岗，凌晨两三点下班很正常，四五点下班不稀奇，天亮还没下班的情况也时有发生。

领导两次找到吴宏林，都被婉拒了，直到第三次，他才有“条件”地答应下来。

原来，吴宏林不去做编辑，不是怕工作压力大、责任重、工作时间长，而是实在分身乏术。

吴宏林的父亲年逾八旬，母亲因脑梗瘫痪在床，照顾父母的重担落在大哥吴宝林和他身上。如果他上夜班，家里会忙得拉不开栓。

思虑再三，吴宏林第一次给领导提出“申请”：“平时让我怎么加班都行，周五和周六晚上能不能别给我安排工作？我得替换大哥照顾父母，让他也歇一歇。”

领导答应了他的“申请”。

上夜班后，吴宏林很快进入角色，从编辑《宁夏日报》分类新闻开始，不到一年时间，就胜任了要闻版的编辑工作。

今年4月，他又因工作出色被任命为党报编辑室副主任。

几乎所有的夜班编辑都会在白天补觉，可吴宏林闲不住，经常骑上自行车穿梭于银川大街小巷捕捉新闻。同事奇怪：“你咋就不累呢？”吴宏林笑答：“干自己喜欢的事儿，不累！况且，我家‘妞妞’也会在每天清晨准时把我叫醒。”

干记者，做编辑，亲父母，爱妻女，白天也懂夜的黑。

2018年1月1日至2019年6月2日，吴宏林担任夜班编辑的一年半时间里，在《宁夏日报》刊发新闻稿件114篇，创历年来宁夏日报社编辑写稿之最。

磨砺“四力”，争当新闻排头兵

身为记者，吴宏林生前大概也不清楚自己有多“富有”吧。

我们粗略地盘点了一下，从业28年，他采写了5000多篇新闻稿件，超过200万字。

新闻是历史的底稿。历史,你会忘记年复一年、日复一日从信息的石头里找矿、从资讯的沙子里淘金的吴宏林吗?

从基层煤矿宣传干事到《宁夏日报》记者、编辑,吴宏林每次都能很快成为新岗位的排头兵。

"难道你有独特的'新闻武功'吗?"

如今我们问宏林,他已不语。

回放他的一个个新闻实践片断,我们有了这样的猜想:起初,他可能不自觉地接触到一种独特的"新闻武功",受益匪浅;后来,他不懈地苦练这种"武功"。

它就是磨砺"四力"——脚力、眼力、脑力、笔力。

舍生忘死冲向爆炸现场

吴宏林是石嘴山矿务局一矿宣传科历史上分来的第一个大学生。基层煤矿宣传人员分工不细,这给了吴宏林跨界学习的机会。

新闻写作,魏秀森是前辈;摄影摄像,赵进铭是师父。吴宏林海绵吸水般汲取知识、增长技能,很快成为多面手。

为了捕捉最贴近矿工生活的新闻,吴宏林常下矿井,慢慢练出了强劲的脚力。

那时的矿井条件简陋,长长的,不停转动的运煤皮带,是矿工们下井、上井的交通工具。一次,他结束井下采访,肩挎照相机,腋下夹着摄像机,一路小跑跳上皮带准备上井时,突然脚下一块煤渣"作怪",他踉踉跄跄退了几步,差点跌下皮带受伤。

2000年5月24日中午,已是石嘴山日报社记者的吴宏林和同事下班时,突然发现大武口区公交公司一带腾起百米高的大烟柱。

原来,一名驾驶员开着"康明斯",拉了10吨汽油,准备进大武口区公交公司加油站,拐弯时被一辆农用车撞掉了后油嘴,喷在地上的汽油起火。情急之中,驾驶员将车开到公交公司院里,想用堆放的沙堆堵住油嘴,但沙堆太低,油嘴没有堵住，瞬间油罐车燃起冲天大火。

“险情就是命令，我们迅速赶到现场，看到一辆摩的、4辆自行车横躺在马路上着着火。突然，公交公司院里又腾起了一个更大烟柱。”石嘴山市地方志编纂委员会办公室副主任、石嘴山日报原记者曾养民回忆，当时他和吴宏林等同事来不及多想，就冲进了院里。院内停放着30多辆中巴车，院旁是2栋居民楼，一旦油罐车爆炸后果不堪设想。

“消防战士赶到了，我们就跟着他们往火场冲，想捕捉更多画面。吴宏林比我还能冲，全然不顾身边‘咣咣’的爆响声。有的消防战士脸上被烫起了泡，有的眉毛被燎掉了，我们也有不同程度的灼伤，吴宏林的头发被火燎了。”曾养民说。

次日，《石嘴山日报》刊发了他们采写的报道——《舍生忘死降火魔》。

差点弄丢恋人的“钻”

“宏林爱‘钻’，只要跟业务有关的，他非学会不可。”魏秀森用一个“钻”字评价曾共事多年的好兄弟。

就因为“钻”，吴宏林还差点弄“丢”了恋人。

在石嘴山矿务局，吴宏林和同样热爱写作的一矿供销科女工李凤英相识，两人互生好感。几乎在同一时间，他又对摄影怦然心动。

确定恋爱关系没几天，李凤英突然联系不上吴宏林，几次去宿舍找他，都扑了个空。李凤英心里有气：这个态度，不想谈就拉倒！

一周后，吴宏林兴冲冲地敲开了李凤英的宿舍门，李凤英见状就要关门谢客。吴宏林一脚踩住门的拐角，硬挤进屋里，手挥着一叠相片说：“我学会冲洗照片了。你看，你看！”

怪不得这七天，每到下午快下班时吴宏林就消失了，原来是泡在暗房学习摄影冲洗技术。

李凤英又气又心疼：“真是个书呆子，就不能出来透透气？”

"学东西,我喜欢一气呵成!"

1994年5月14日,《宁夏日报》二版刊登了一篇消息——《石嘴山一矿连续10年无超生》,这是通讯员吴宏林在《宁夏日报》刊发的第一篇稿件。

此后,他的名字时常和《宁夏日报》联系在一起,10多年后,成为《宁夏日报》记者。

急难险重"接盘侠"

2003年,吴宏林进入华兴时报社。一遇到难啃的"骨头",报社领导总会说:"宏林,你去吧。"吴宏林总是回答:"行。"

《华兴视点》是该报一版的品牌专栏。一次编前会上,编辑说稿库里几条"华兴视点"都缺乏分量,要求采访部门再提供一条备选稿件。

此时,已是下午4时。总编辑注视着时任时政部主任的吴宏林:"还是交给你吧。"

散了会回到办公室,吴宏林马上拿起电话联系采访对象。当时在时政部当记者的李晓燕清楚地记得:"吴主任歪着头,把电话夹在头和肩膀中间,一边通话,一边在电脑上敲着采访提纲。"

李晓燕想:这类重头稿件都需要提前策划,时间这么紧,吴主任又没有三头六臂,拿什么去"七十二变"?

第二天一上班,李晓燕急忙翻看报纸,《华兴视点》刊发了一篇有关自治区经济发展的深度报道,署名"吴宏林"。李晓燕感慨:"怎样的新闻素养积淀,才能扛起随时出战的大旗?怎样的新闻业务水平,才能做到深度稿件信手拈来?"

2017年春节前夕,家里打扫卫生,吴宏林主动请缨承包厨房和卫生间。正准备干起来,手机响了,经济新闻部接到一个紧急任务——到青兰高速公路六盘山特长隧道开展"新春走基层"蹲点采访,问他能不能去。

吴宏林给妻子李凤英打了声招呼,匆匆拿起背包出了门。

"又是这样!"李凤英心生埋怨,大扫除时故意留下了厨房和卫生间,"等他回家,给他点颜色!”

一等就是几天。吴宏林回到家中,便累得瘫坐在沙发上,说休息一小会就打扫厨房和卫生间。可是李凤英推了他好几次,他都不醒。

李凤英眼眶湿了,悄悄把活全干了。

回忆起这次采访,宁夏公路管理局固原分局隧道管理处路政科刘红军告诉我们:“当天特别冷,执法人员穿着厚厚的棉衣,带着防冻手套。吴老师拍照时没有采取任何防冻措施,双手被冻得红红的。”

“吴老师采访时,监控室发现隧道内有货车掉落异物。”隧道管理处技术员段思江回忆,他接到监控室紧急通知后,即安排3名养护人员进入隧道清障。

“从发现异物到清理,需要多长时间?人到现场了没有?”监控室内,吴宏林不断追问段思江,并用自己的手表为清障计时。

经过深入细致采访,吴宏林在《宁夏日报》刊发了通讯——《特长隧道的特殊守护》。

书中自有万千趣

打开宁夏日报报业集团党报编辑室吴宏林办公桌上的电脑,桌面上有一幅2018年11月28日《宁夏日报》一版的版面图,头条位置是吴宏林的得意之作《向联合国讲述宁夏“紫色梦想”》。这篇通讯在宁夏媒体中首次详细报道了宁夏21家葡萄酒酒庄首次走进联合国总部,展示宁夏美酒美食文化的情况:“11月5日至9日,在联合国总部,一股来自中国宁夏的芳香被人们传颂着、点赞着。它,就是来自于宁夏贺兰山东麓产区的葡萄美酒……”

吴宏林出手之快、笔力之健,令同行惊讶。

吴宏林2018年5月10日在《宁夏日报》刊发的独家新闻《宁夏葡萄酒与马克思故乡》也让同行“嫉妒”。因为他在宁夏媒体中率先披露了在马克思的故乡德国特里尔,马克思酒庄庄主期待跟中国葡萄酒产区进行合作、互动的信息。这篇报道还介绍了马克思和葡萄酒的一些掌故,这些掌故是吴宏林读已故经济学家于光远的书时了解到的。

吴宏林酷爱读书。

石嘴山日报社原记者徐挺敬脑海里一直刻着吴宏林"嗜书"的一帧画面："1999年，我和他一起考入石嘴山日报社，同住一间宿舍。每天早晨起床，我看不到他的脸，只能看到床头和枕边摞着的书。喊他一声，他会从书堆里探出头来。"

吴宏林也酷爱买书。

李凤英说，别人出差带回的是当地特产，吴宏林出差带回的只有书。

今年3月，吴宏林参加了宁夏日报报业集团在上海举办的全媒体培训班。同屋住的报社同事约他晚上出去看看夜景，吴宏林多是拒绝，即便出去，也是绕到附近的书店淘书。

在宁夏日报报业集团党报编辑室和吴宏林共事的李刚发现，吴宏林的桌上总放着媒体融合方面的书籍，上夜班一有空闲，他就会一页一页地细读。

在他的书房里，摆满了他自费购买的《马克思传》《列宁传》《共产党宣言》《莫言作品全集》《金庸全集》等书籍。

吴宏林的天分并不高，但从事新闻工作28年来一直畅游书海，使他眼力、脑力、笔力不断提升，一次次成为不同岗位的尖兵。

铁肩道义，斗士亮剑一声吼

2000年的一天夜里，吴宏林家里的电话铃急促响起，李凤英拿起话筒："喂？"

"转告你丈夫吴宏林，让他少管闲事。不然，有你们好看！"

李凤英还没来得及问清是谁，对方就挂断了电话。

第二天，骚扰电话又打来了："我知道你父亲叫××，也知道你母亲叫××，你女儿在××幼儿园××班。不想出事的话，就让吴宏林赶紧收手！"

防盗门外再装防盗门

吴宏林一回家,李凤英就焦急地问他:“你到底把谁惹了?人家把咱们家每个人的信息都摸得清清楚楚!”

“这事你别管,把你爸妈和女儿照顾好就行。”吴宏林说。

“你到底把谁惹了?”

平时好脾气的吴宏林依然顾左右而言他。他知道,妻子了解了实情会更担心。

没办法,李凤英在窗户上加装了防护栏,在防盗门外又装了一道防盗门。

到了晚上,她拔掉电话线,搂住熟睡的女儿。

风平浪静很久以后,李凤英才从吴宏林口中得知原委。

当年,石嘴山市发生一起征地拆迁纠纷,《石嘴山日报》记者吴宏林赶到现场采访,发现纠纷源于有人强占土地。吴宏林装作不经意地与强占土地者聊天想获得更多情况,引起了对方的怀疑。对方后来找到吴宏林,威胁他交出采访本及照片,不得将此事见报。吴宏林断然拒绝。

对方不甘心,打探到吴宏林家的电话,多次骚扰,吓唬李凤英,让她劝住“管闲事”的丈夫。

恐吓者的目的没有达到。

吴宏林经多方采访调查,很快在《石嘴山日报》推出一篇舆论监督报道,引起社会关注。

爱打抱不平的书生

吴宏林瘦瘦高高,戴着眼镜,平时沉默寡言,偶尔说话如和风细雨,待人温润如玉。

这样一个书生,竟是爱打抱不平的“新闻斗士”!

他曾是华兴时报采写舆论监督稿件最多的人。仅看他写过的部分报道的

标题,你就会对他肃然起敬:

《固原法院执行判决竟捆绑“附件”》

《陕商8600双鞋尘封固原8个月》

《石市一开发公司一房许二主》

《峡光纸业数百职工停产　反对“贱卖”企业》

《奥美定折磨银川女士四年　美容诊所人间“蒸发”　受害者维权无门》

《兴泾镇百户农民耕地被占用　土地承包合同书咋就不管用了?》

《宁夏一冶炼厂一年窃电近890万度》

《杨华祥经济纠纷案五年后反败为胜》

《宁夏20亿住房公积金缘何沉睡》

……

2006年7月18日,《华兴时报》刊发了吴宏林采写的《宁夏五“深喉”提心吊胆过日子　五年举报上百次　追回国有资产1000多万元》。

报道讲述的是从2001年12月开始,原中卫县城乡建设公司的欧阳树春等5名职工锲而不舍向有关部门举报公司时任领导借改制之机,造成大量国有资产流失。

此事引起了自治区的高度重视。

2007年6月20日,《华兴时报》又刊发了吴宏林采写的《中卫千万国资流失主要嫌疑人被刑拘》:“记者昨日从中卫市公安机关证实,涉嫌千万元国有资产流失的原中卫县城乡建设公司经理赵炳海及公司会计已被公安机关刑事拘留。至此,历时4年的原中卫县城乡建设公司因改制造成千万元国有资产流失大案取得重大进展。”

《不堪承受的死亡之痛——宁夏中大化工公司“11·7”安全事故死亡家属调查》是吴宏林进行舆论监督的又一力作。

“11·7”安全事故7位死者家属告诉吴宏林:半年过去了,他们除了拿到20万元的一次性生产安全事故死亡赔偿金和8000元的丧葬费外，其他的赔偿金一直没有人支付。

吴宏林通过调查，帮助逝者的家属讨回了公道。

他的《70万公斤伪劣食品拷问宁夏食品安全》，促使全区食品安全系统彻查食药企业；《宁夏长城保护坐困危局》，引起有关部门对宁夏古长城的重视，清点保护工作陆续推进；《暴利之下宁夏野生动物危机四伏》，唤起公众对贺兰山野生动物的关注；《银川"侠客"梁浩江不再沉默思扬名》，道出了见义勇为20年却遭误解的"小人物"的辛酸。

"在采访这些舆论监督报道的过程中，吴宏林不可避免地触动了一些个人和团体的既得利益，阻挠采访者有之，冲他动粗者有之。但他始终不为所动，继续执着地深挖事件背后的故事。一个个有深度、有力度的舆论监督报道不时见诸报端，引起了强烈的社会反响。"曾任《华兴时报》首任总编辑的石嘴山市委常委、宣传部部长苏保伟说起吴宏林不禁动容。

连续13篇的执着追踪

2005年6月24日至2006年10月24日，吴宏林在《华兴时报》刊发了13篇报道，对湖北一代粮王刘文豹在银川的遭遇进行追踪报道。

2001年，曾被国家授予"售粮模范"称号的刘文豹来到宁夏，承包了原陶乐县牧场4000多亩荒滩地。2005年初，刘文豹将承包地附近的一些村民告到法院。2005年4月26日，银川市兴庆区法院判决月牙湖村民将新淤积的河滩地归还给刘文豹。可村民不执行法院的生效判决，刘文豹申请法院强制执行。

此后，刘文豹及其雇工再次与当地村民发生纠纷。纠纷中，当地公安机关逮捕了刘文豹的1名雇工。刘文豹不服，将银川市公安局兴庆区分局月牙湖派出所告上法庭，最终败诉。

吴宏林的报道引起了银川市政府的高度重视，多次召开协调会。最终，在刘文豹同意让出部分土地的情况下，判决得以执行，刘文豹与当地村民的纠纷平息。

吴宏林做舆论监督报道，力求站在中立的角度，用事实说话。从他下面几篇稿件的标题里，我们能看到刘文豹遭“抢”故事的起起伏伏，也能感受到吴宏林推动社会公平正义的力量：

《一代粮王梦断宁夏?》(2005年6月24日)

《“粮王”刘文豹宁夏遭“抢” 村民强占数百亩承包地，拒不执行法院判决，也不愿和刘文豹和解》(2005年11月7日)

《10日内停止侵权行为 兴庆区政府召开专题会议形成6条解决措施》(2005年11月24日)

《月牙湖乡村民阻挠法院执行》(2005年12月1日)

《“一代粮王”刘文豹状告兴庆区公安分局》(2006年2月10日)

《本报关注一年之久的土地纠纷终获解决 一代粮王与村民握手言和》(2006年2月23日)

当偷牧现象屡禁不止

2014年11月，吴宏林在全区各地采访时发现，不论在川区，还是在山区，不时会看到有羊群在公路边的林带、山坡上觅食，最少的10余只，最多的超过100只。在11月30日《宁夏日报》刊发的目击式报道《我区多地出现冬季偷牧现象》中，他写道：“11月19日下午，记者从银川前往固原采访，在同心至固原的高速公路两侧，不时会看到羊群或在田间，或在林带，或在山坡觅食，少则几只，多则上百只。记者留心记了一下，从海兴开发区到固原高速公路服务区，至少有80多群羊在放牧，其中有10多群在高速公路林带或附近的山坡上放牧。此后，十几天内，记者在西吉县、红寺堡区、利通区、平罗县、大武口区采访时，都发现有零星的羊群在啃食林带。”

他呼吁有关部门依法加强监管，为宁夏建设添砖加瓦。

此事引起了有关部门的高度重视，并采取了积极措施。但偷牧现象依然屡禁不止。

2015年4月，自治区党委督查室和有关厅局对全区禁牧封育进行督查时发现，全区各地禁牧封育工作出现了反弹和滑坡，一些地方问题比较严重。原自治区农牧厅、林业厅联合出台了进一步加强全区禁牧封育工作10项新规，严厉打击偷牧行为。

新规实施后，还有人敢偷牧吗？

吴宏林跟随原自治区农牧厅、林业厅、公安厅的暗查小组，冒雨进行了暗查。

5月22日，《宁夏日报》刊发了吴宏林的报道《灵武盐池发现多起冒雨偷牧行为》，在全区引起极大震动。当天，盐池县召开县、乡、村禁牧专项整治工作动员大会，安排部署整治工作。

6月11日，《宁夏日报》又刊发吴宏林的报道《吴忠中卫固原发现多起偷牧行为》："吴忠市利通区、同心县，中卫市中宁县、沙坡头区和固原市原州区等地仍有不少偷牧行为发生，而且有些地方的偷牧行为相当严重。"

那几天，吴宏林每发一篇关于偷牧的报道，次日就有相关责任人受到严肃处理。

同事们说："宏林，你好厉害呀！"

他一笑，说："不是我厉害，是禁牧封育工作督查组厉害！不整改，督查组必问责。"

大爱无疆，醉心慈善似雷锋

"爸！"

今年暑假的一天，高大魁梧的丁高强正在银川市兴庆区新华街爱心售卖点低头整理摊位，忽然听到女儿熟悉又亲切的叫声，泪水不禁夺眶而出。

女儿叫一声爸，叫哭了一个大男人。路人一时不解。

丁高强赶紧抹掉眼泪，递给女儿一杯酸梅汤。

原来，丁高强在新华街做了10多年公益爱心活动，这是女儿第一次当着众人面叫他，以前看到他总躲得远远的。

爸爸街头做公益，女儿为何躲着？

以上这些让人读着落泪的文字，是吴宏林在2018年12月17日《宁夏日报》上推出的通讯《侠骨柔肠》中的一个故事。

吴宏林采写过很多像丁高强这样的活雷锋，他的心和这些活雷锋一次次的强烈共振。

而在这些活雷锋眼里，吴宏林也是默默奉献的雷锋。

公益路上“白加黑”

忆起昔日挚友吴宏林，“公益达人”丁高强泣不成声。

“2008年，我和‘春蕾奶奶’姜丽娟去盐池县高沙窝镇慰问困难学生，认识了同行采访的吴老师。他蹲下身和孩子们说话、开玩笑，逗得他们咯咯笑。我们离开的时候，孩子们追出校门好远，一直在向我们挥手。”

那次采访之后，吴宏林联系热心人士，为高沙窝中心小学的孩子们寻求资助，丁高强说：“从他身上，我感受到了一名新闻工作者的责任与担当。”

从那之后，吴宏林时常参与丁高强组织的公益活动，既是普通志愿者，又是新闻报道者。

2008年汶川地震，吴宏林和丁高强等志愿者在有关部门的支持下，发起了书画慈善义卖活动，60多位书画家积极参与，所得善款全部捐赠给地震灾区。

一次，吴宏林给丁高强建议：“你们组织的慈善活动多集中在银川周边，有没有考虑到宁夏南部山区的贫困村庄看一看？”

两颗热衷公益的心，一拍即合。

在吴宏林的策划下，丁高强和同伴们组织了一次“以行动成就爱心，让慈善走进生活”的活动，一路沿同心、海原、西吉等地寻找宁南山区贫困儿童、孤儿及残疾孩子进行慰问。吴宏林白天慰问,晚上写稿,“白加黑”的工作强度可想而知。

“后来我们经常去福利院、敬老院,一起搞各类慈善活动。”丁高强说,正是吴宏林积极的宣传报道,吸引了越来越多的人加入到公益事业中,使越来越多的困难者得到了帮助。

难以拒绝的“厚礼”

几天前,记者来到永宁县望洪镇金星村,见到年过六旬的徐桂兰。

12年前,徐桂兰之子、27岁的农民郭绪山患了尿毒症,无钱医治,急需救助。吴宏林得到消息,几次登门采访。

“老人家,还记得12年前有位记者采访过您儿子吗?”

“咋不记得?”老人来了精神,“这个人,我一辈子都忘不了!”

一听吴宏林刚刚去世,徐桂兰潸然泪下道:“多好的人啊,走得太早了!”

2007年6月4日,吴宏林在《华兴时报》报道了郭绪山的处境,不少热心人询问情况,一时间,善款从四面八方汇聚过来。

吴宏林一位远在北京的朋友从互联网上看到了这则新闻,打电话询问郭绪山的情况。听说郭绪山最大的愿望是看天安门,朋友便出资将他接到北京。

郭绪山回家后,和母亲商量拿什么东西感谢吴宏林。

正值端午,徐桂兰包了10个粽子,找到报社,吴宏林不在。她又打听到吴宏林的家。

见老人提来了“厚礼”,吴宏林着了急:“阿姨,您这是干什么?”

“吴记者,我也买不起啥来感谢你。这是我亲手包的粽子,你就尝一尝。”

吴宏林连忙摆手:“这我不能收……”

老人听了,站起身,双膝慢慢弯下去……

吴宏林赶紧伸出双手托住老人双臂:“我收,我收,您可不能这样。”

最终,吴宏林当着徐桂兰的面吃了一个粽子。其余的粽子,塞到老人的包里，让她带回去给病重的儿子。

没过多久，吴宏林再登郭家门，采写了《宁夏一重病农民得到万元资助写信感恩社会 我愿把自己的器官捐给需要的人》一稿。

第二年，郭绪山因病离世。

得知吴宏林突然离去，宁夏人民医院宁养院原主任李丽梅近日找到记者，回忆她和吴宏林相处的点点滴滴。

"我们是在一次慈善会议上认识的，后来他主动打电话给我，说想来宁养院和我一起去看病人。宁养院的服务对象是半径150公里内的贫困癌症患者。有一次，我们一天看了5个病人，他一直跟着。每离开一户，他都是最后一个出门。其间我返回一户去拿东西，看到他偷偷往病人手里塞东西，应该是钱。"

2013年，宁养院的发展遇到瓶颈，吴宏林几次牵线搭桥，为宁养院联系捐助，将羊绒衫、防寒服等救助物资送到患者手中。

慈善刊物"编外人"

打开第33期《善行宁夏》杂志，卷首写着"我们都是追梦人，咬定慈善使劲干"。"这是吴宏林编辑的最后一期杂志。"宁夏慈善总会秘书长王金宝抚着杂志封面，面色凝重。

2009年，宁夏慈善总会计划办一本慈善刊物，王金宝请来长期关注公益事业的吴宏林，希望他能当杂志的编辑。还没说酬劳，吴宏林毫不犹豫一口便答应。

此后10年，吴宏林作为杂志的执行主编，不仅做策划、筹备稿件，还要操心排版、校对、印刷等多个环节。而他一直是杂志的"编外人员"，10年来，从未领过一分钱酬劳。

"每次他送样刊，都是来去匆匆。我也知道他忙，又要采访，又得顾家，还要保证《善行宁夏》正常出版。有时候我提出派车送他一下，他总是摆摆手。"王金宝说。

2014年，宁夏慈善理事会换届，王金宝力邀吴宏林担任常务理事兼副秘书长。吴宏林说："我不图这些，有事你叫我，我做事就行。"

还是2014年，在民政部和中华慈善总会举办的第二届中华慈善突出贡献奖评选活动中，吴宏林获得突出贡献奖。

至爱不仅是事业

"吴宏林并非只有埋头工作一种状态。"宁夏日报报业集团党报编辑室编辑何亚男回忆，编版时一言不发的吴宏林聊起女儿来，会突然快乐到"飞起"，"他总以过来人的身份告诉我们几个孩子年龄尚小的编辑，教育孩子不能简单打骂，要陪伴，要给孩子信心。他肯定是女儿最贴心的朋友，竟然知道很多时下年轻人关注的娱乐圈明星。"

妻子忙生意，吴宏林一直承担着照顾女儿吴欣瑜的重任。

一次单位开会，吴宏林迟到了，进办公室后慌慌忙忙找座位，领导问原因，他忙检讨："对不起，送女儿上学，路上耽搁了。"

吴宏林的大哥吴宝林说："宏林的厨艺堪称一流，都是为女儿做饭练出来的。欣瑜高考前，宏林不管多忙，孩子一日三餐都精心准备。年夜饭，他都能露一手。照顾父母时，他经常下厨。"

吴宏林生活一向简朴，他曾给李凤英定下一个规矩，凡给他买的衣服，单件不能超过200元。

女儿还在上初中时，一次，李凤英花500元给女儿买了一件羽绒服。拿回家，吴宏林看到价签，沉下脸说："300元是一个贫困家庭一个月的生活费，你让孩子把人家将近两个月的生活费穿在身上，太奢侈了。"

他命令妻子："明天必须把衣服退掉！"

第二天，李凤英谎称衣服退了。

吴宏林也有“奢侈”的时候

3年前，在江苏省南京市的东南大学读书的吴欣瑜收留了一只流浪狗，起名“妞妞”。“妞妞”的尾巴被人割断了，见到三四十岁的男子就惊恐不已，它一定受到过难以磨灭的伤害。

欣瑜对“妞妞”满是爱怜，可是学校宿舍毕竟不是“妞妞”久居之地。

怎么办？欣瑜向爸爸救助。

正好放寒假了，吴宏林说：“那就送回银川吧。”

可是千里迢迢，怎么能做到旅客和“妞妞”两不相扰呢？

吴宏林说：“那就坐飞机吧。”欣瑜的机票花了600元，而“妞妞”打疫苗和空运共花了800元。

从此，每天早晨6点，吴宏林都要出门遛一遛“妞妞”，风雨无阻。因为这是女儿交给的任务，因为他对“妞妞”也满是爱怜。

“风不会回头，岁月不再回首。前行的路没有尽头，心所向往，快乐昂首。”这是“文行天下”——吴宏林，今年6月1日在微信里的最后留言。

是什么让他“心所向往，快乐昂首？”一定是大爱吧。

对家人、对他人、对生命、对工作、对慈善、对世界，吴宏林的爱是一致的。

他将世界放在心上，迈向远方。